約束の詩《うた》
Promised poetry

治まらぬ鼓動
(Never forgettable love)

西川 正孝
Nishikawa Masataka

ブックウェイ

目次

第一楽章

一、プレリュード（prelude）

立ち上がった中晶彦の椅子を見て、近くにいた牧村由布子が言った。

「あらっ、オシッコしたみたい」

「あっ、ビション、ビションや！　あーあ、漏らしてしもうた」

晶彦は椅子に顔を近づけ、クンクンと鼻を鳴らしながら、情けなそうな顔をして続けた。

「クサイ、クサイ、先ほど沢山出してきたのに…」

由布子は吹き出し、近くにいた男女とも大笑いになった。

「やっぱり二枚目にはなれないなあ…」晶彦が真面目な顔で言うと、

「そうや、それが似合いや」誰かが言って、ますます爆笑になった。

そこへ教師が入って来た。既に始業のベルは鳴り終わっている。室長の晶彦が、

「起立、礼」と言った。

当の晶彦が言ったこともあり、笑いが収まらない。「着席」の号令も歯切れが悪くなった。

「何か楽しいことでも？」と国語担当の女教師は言うと、一人の女子が「あのね」と言いかけたところで、「あーっ」と、晶彦は突拍子もない声を出してしまった。

先ほどの余韻もあり、また大笑いになった。授業が始まってからも、由布子と晶彦が顔を合わすと由布子は吹き出している。

教師は二人に視線を置きながら言った。

「このクラスは楽しそうですね」

由布子もそう思う。晶彦は今まで見聞きしてきたことのない意外性を持っていたし、このクラスには、かつて経験したことのない温かい雰囲気を感じている。

晶彦も、由布子が噂や見かけよりも話しやすいことが分かり、思っていたよりも身近に感じられて嬉しくなった。

事実、由布子の一言がこの爆笑の原因になったのだから。


これが晶彦と由布子の初めての会話である。

三年生になって、やっとのことで同じクラスになり、新学年が始まって早々、意外なことから、思いのほか早く話すきっかけができたのはよかったが、内心、気落ちしていた。

〈それにしても、映画のように、もっと格好の良い会話だったら良かったのに…由布

子との初めての会話がこのようなことになろうとは…〉

晶彦自身、自然と出た言葉や行動だっただけに、一層滑稽に見えたのかも知れない。〈これはきっといつも落語や漫才を聞いているせいや…それがあかんのや…由布子はどのような印象を持っているだろうか？〉

そう思ったりもした。

晶彦は普段、真面目くさった顔をしているが、サダちゃんと話すと不思議と漫才のような会話になってしまう。周囲の者はよく笑う。この影響も大きかったのかも知れない。サダちゃんとは池田定弘のことで、皆そう呼んでいる。中学二年から同じクラスでユーモアがあり、晶彦とは馬が合った。とは言っても、二人とも口数が多いわけではない。

その後、顔を合わせたり、晶彦が席を立つたび、しばらくの間、由布子は手に持ったハンカチを口に当て吹き出した。思い出すのだ。

グラウンドで始業間際まで動き回り、汗だくで戻って来て、一度席に着いた後、立ち上がるといつもオシッコを漏らしたような状態になる。運動をした後の冷たい井戸水は美味しいが、蛇口からゴクンゴクン飲むと、よけい汗が出るのである。

昼休みなど、男子は大抵外に出て遊んでいる。汗まみれになるのは晶彦だけではない。女子の多くは教室内にいる。その一部は窓を開け、男子がしているソフトボールを見ていたりする。

さかのぼること二年ほど前、小学校六年生の三学期のことである。

「岸本君かなわんわ」

小宮山浩が情けない顔をしながら、学生服の両方のポケットから赤くドロドロに濡れた手を取り出した。

両方の手には潰れた烏瓜が掴まれている。浩には気の毒だが、その様子がとても滑稽だったので、そこにいた四人は笑い転げた。

浩は、採った烏瓜を学生服の両方のポケット一杯に入れていた。それを見て岸本真二が、悪戯っぽく両手で両方のポケットを叩いたため、充分すぎるほど熟していた烏瓜が潰れて、ポケットの内もドロドロになった。

昨年の秋に熟した分が、まだ蔓《つる》に残っていたのである。

(ちなみに、この地方(三重県一志郡八ッ山村)では烏瓜のことを「烏の枕」とも言う。蔓状の植物で、他の植物に巻き付いて宿り、夏の夕方から夜にかけて短時間で開花する。花は白い糸状のレースのようなもので覆われ、不思議な美しさをかもし出す。しかし短命で夜明けには萎れている。実は秋に付け、茎に直角方向から見れば楕円形で、太いところの直径はピンポン球より少し小さい大きさになる。そして、白い縦筋が入った薄緑色から赤くなって熟する。」

浩の手にはドロドロの赤い液体とともに、種が付いていた。それを見た岸本が、すかさず、「恵比須さん、大黒さん」と言った。種の形が、七福神の恵比須、大黒の顔の形に似ているのである。そして、それがそのまま浩のニックネームになった。晶彦は、以前から彼を「ニックネーム付けの名人」だと感心していた。

ちなみに晶彦のニックネームは「瓢箪《ひょうたん》」で、これも岸本が付けたものだった。不思議なことに当人の岸本にはニックネームがなく、苗字または名で呼んでいた。ここにいるもう一人は野村哲治で、ニックネームは「竹輪《ちくわ》」。弁当によく竹輪が入っていたのと、顔が日に焼けて黒く、竹輪の焦げ具合に似ているかららしい。

四人が終業前、当番の便所掃除を適当に済ませ、早々と切り上げてゴミ捨て（当時は砂の多いゴミは川原等へ捨てていた）に行き、ついでに川べりで遊んでいた時のことであった。悪戯をしても仲が悪いわけではなく、むしろ良いのである。

校舎へ戻ると、中庭で五人ほどの同級の男子児童が集まっていた。

晶彦たちもその中に入った。

「今度行く中学校に、もの凄く美しい女の子が来るそうな。頭も良くて、成績もズーッと一番で、ピアノも上手らしいぞ」一人が言った。

そんな女子はこの小学校の同級生にはいない。どうして知ったのか凄い評判である。

「名前は?」誰かが問うた。

「牧村由布子」

始業のベルが鳴った。みんな教室に入った。べそをかいていた恵比須さんの機嫌も直っている。


今日は正月から十日あまり経った土曜日で、晶彦と岸本は放課後、メジロを取りに行く約束をしていた。〔昭和三十八年(一九六三年)に鳥獣保護法が制定され、メジロも勝手に捕獲できなくなった。〕

家に帰り、昼食を済ませ、二人は近くの山に入った。

冬の山は、小鳥にとって、食べ物が少なくなるばかりでなく、晶彦たちには雑木林の葉が落ちて、仕掛けをしやすい絶好の時期である。晶彦は飼っているメジロを一羽、竹ひごで作った鳥籠に入れ、風呂敷で覆って持って行った。二人には勝手知ったるテリトリーである。日向ぼっこができそうな場所に目を向けて、晶彦は言った。

「あそこにしよう」

二人は少し周囲の枝を払い、鳥籠の風呂敷をはがし、揺れないように注意して鳥籠を木の枝に掛けた。そして、水に浸けてあった鳥モチ(粘着性がある物質)を、瓶から取り出し、持ってきた五本の竹(六十センチほど)に巻き、鳥籠の近くで、メジロの留まりそうなところへ、木の枝に似せて配置した。籠の中のメジロは、晶彦の作ったすり餌をつついたり、水を飲んだり、飛び移りながら、良い声で鳴いている。後はメジロが近づいて来るのを待つだけである。

岸本は家の畑で栽培しているミカンを持って来ていた。二人はミカンをほおばりながら、話し始めた。

「もうじき卒業、四月から中学校やな」と岸本が言った。

「そうやな…」晶彦は答えた。

「今日の学校での話やけど、今度行く中学校へ、ごっつう美しい女の子も来るそうやなあ…楽しみやな…」

「うん」

「だけどウチの学校のチーちゃんも可愛いで」

「うん可愛い」

チーちゃんとは同じクラスの女子の愛称である。

「中学校へ行っても良い友でいような」

「うん」

種類や大きさも様々な雑木の多い場所に陣取っている。落葉樹は葉が無い。鳥籠から十メートルほど離れた所に寝そべって、射し込む陽光を浴びながら、普段と変わらない会話をしている。のどかな日だまりの中、良い気持ちで、晶彦は噂に出た美しい少女のことを思い浮かべた。

過日、都会に出ている晶彦の兄、猛が帰省して、自分の母校である中学校へ晶彦を伴って訪ねた。暗室を借りて写真のプリント（焼き付け、引き伸ばし）をするためである。

〔ちなみに、この頃、田舎の一般的農家ではカメラを持っていなかった。高価なこともあり、生活に直接関係ない娯楽器機は敬遠されたのである。従って、家庭には個人や家族の写真も無い。あるのは小学校の入学時や遠足などの記念撮影ぐらいである。それだけに、撮影を飛び越えた焼き付けという科学に、晶彦は余計新鮮な興味を持った。〕

小学校と違って中学校は広いと晶彦は思った。

冬休み中だったが、中学校の職員室には日直の女教師がいた。猛の元担任教師で、愛想良く迎えた。晶彦は凄く美しい女性だと思った。その横に少女が座っていて、本らしい物を見ていた。一目見て、今まで見たことのない美しさに目を奪われた。

彼女は女教師に似ていて、すぐに母娘だと分かった。晶彦は同じ集落に住む従姉や、近所の少女たちが持っていた少女雑誌を見たことがある。彼女はその中の誰よりも美しいと思った。美しいだけでなく、母娘ともに気品に満ちて、晶彦には近寄りがたい別世界の人のように思えた。今、通っている小学校や近所、それに、たまに見る雑誌、映画しか知らない晶彦にとって、〈世の中にはこんな女の子もいるんや〉と初めて認識した。

「こいつ、僕の弟で四月からこの学校にお世話になります。宜しく頼みます。これ、挨拶せんか」

猛が言った。晶彦は黙ったまま頭を下げた。

「この娘も、今度ここに来ます。宜しく願いします」

女教師は晶彦に言った。そして、女子と晶彦は黙礼した。一瞬二人の目が合って、晶彦は硬直している自分を感じた。女教師は暗室の鍵を猛に渡した。

「おい、晶、行くぞ」

晶彦は猛の後について職員室を出た。

これが晶彦と由布子の初めての出会いである。昭和三十四年（一九五九年）正月のことであった。

晶彦はこの出来事を誰にも言わず、正月以来、密かに心を弾ませていた。宝物のように自分の胸の中にしまっておきたかったのである。

〈きっとあの子に違いない。でも、噂の主があの子でなくてもいい。あの子も通う中学校は楽しみや〉

ピーッと、メジロの声がした。

「おっ、来たぞ」

岸本は小声で言った。ピーッ、ピーッと美しい声の鳴き声が続いた。

何羽いるか確認できないが、鳥籠を中心に、籠の中のメジロと山に住むメジロが美しい声で鳴き合いながら、遠巻きの輪を小さくしている。視野に入った。二人は固唾を飲んで、今か今かと見守った。

「鳥モチへ留まれ」心の中で叫んでいた。

メジロはあちこちの枝を飛び交いながら、鳥籠の周りに来た。

「五羽ほどいるな」二人は目でうなずいた。

鳥モチを巻いた竹の近くまでは来るが、なかなか留まってくれない。しかし、焦れったい時は、そうは長くはなかった。一羽が鳥モチを巻いた竹に留まった。そして、その刹那、鳥モチを巻いた竹ごと一八〇度回転して、メジロが逆さになって、ぶら下がるような格好になった。

「取りに行こうか?」岸本の目配せが来た。

首を振って、

「待て、まだいる」と目配せを返した。

せっかく寄ってきた他のメジロも捕らえたいのだ。ここが難しいところである。放置しておくと鳥モチが伸びてしまい、メジロが垂れ下がって逃げてしまう。鳥モチが足に付いたまま逃げてしまうと、メジロが可愛そうだ。しかし、今のところ羽ばたきもせず、ぶら下がったままじっとしている。

そのうち、もう一羽、他の仕掛けに留まった。続いてまた他の仕掛けに留まった。仕掛けの配置が良かったようだ。目配せして、二人は捕りに出た。驚いたメジロは羽ばたいて、羽根まで鳥モチに付けてしまった。

「こりゃ、面倒なことになった。羽根や毛、抜けないように、あんじょう取ろうぜ」

晶彦は言って慣れた手つきで作業した。

メジロは恐怖のあまりか、顔がひきつっているように見える。足は華奢で折れないように要注意だ。何とか鳥モチを取ったメジロを、それぞれの手袋へ入れて、それを上着の左右のポケットに収めた。入れるところがないので、やむをえずの処置である。

そして、場所を移動して同じことをした。また二羽捕れた。もう入れるところがなくなった。

「もう今日はこれで止めよう。それにしても、こんなに上手くいくとは思わなかったな。大猟や」岸本が言った。

「うん、止めよう。もう帰らなければいかん」

「メジロは家で馴らしてから、やるからな。籠を用意しておけよ」

家で馴らしたら、声も体の色も美しくなる。メジロを手袋やポケットから出して、持ってきたメジロが入っている鳥籠へ入れた。そして、今日捕ったメジロが鳥籠の隙間へ頭を突っ込んで怪我しないように、鳥籠ごと風呂敷を被せた。二人は山を下りて別れた。


昭和三十年（一九五五年）三月、近隣五村の合併によって、わが八ッ山村の名が白山町となった。五村には、それぞれの村に小学校がある。五村の中に三校あった中学校は、合併後、名称を白山中学校として統合されたが、校舎はまだ建築中のため、従来通り三校舎に分かれていた。

メジロ捕りから三ヵ月経った春（昭和三十四年）、晶彦も、噂の少女のいる隣村の小学校と晶彦のいる小学校の二校の卒業生が入る校舎に入学した。

三クラスあって、期待していた由布子とは同じクラスになれず、近づく機会、話すきっかけもないまま一、二年生は淡々と過ぎた。廊下ですれ違う時など、お互い目を伏せてしまう。振り返って後ろから見てもゾクゾクするほど美しい。自然と皆の視線が集まる。美しいだけでなく、何でも出来る才媛だと聞いている。高嶺の花だと晶彦は思った。不思議なことに、あれだけ目立つ存在でありながら、彼女についての他の情報は皆無と言っていいほど晶彦には入って来なかった。

浮ついた噂も聞いていない。生まれ持ったものなのか、人が近づき難いような、気品と知性を漂わせる容姿、そして女性（同年から見れば少し大人っぽい雰囲気）らしい優雅さ、たおやかな仕草がそうさせているのかも知れなかった。

〈飾っておきたいように美しい。あんな女の子でもうんこするのかな〉

晶彦は真面目にそう思っている。

それに引きかえ晶彦の容姿は目立つような存在ではないが、教室での色々な出来事や、小学校での行動等が噂になっている。

中学校へ入ってから晶彦の目立ったことと言えば、一年生後期になって、一年生から生徒会役員への立候補がない中、一人の発言によって三クラス全員一致で、晶彦が選挙戦に祭り上げられてしまったことである。

晶彦は〈このまま立候補すれば、一年生は人数が多いから確実に当選してしまう。学級委員の室長だって嫌々引き受けているのに…。それに自分の任ではない。他に適任はおる〉と思っていたし、ともかく何としても断りたかった。

そして担任の教師に相談した。

「皆が適任と思って推薦したのや。僕も君が先頭に立って、皆を引っ張ってほしいと思っている…」

長時間話し合いの末、

「言い出したら引き下がらない、君は頑固や。それほど嫌なら演壇で辞退を告げなさい」と言われた。

〈嫌なことになった。いずれにしても全校生や全教師の前で演壇に登らなければならない。何故こうなるのや〉

つくづく情けなく思った。

演説会当日、スピーチが滑稽だったのか、拍手喝采になった。家に帰って近所の一、二年上の生徒も「面白かった」と言う。まるで喜劇のような不名誉な結果になった。

原稿を用意していたものの、アガってしまい、全く異なった内容で、落語のような話し方になってしまったのである。


そして、二年生に進級し、英語だけは由布子と同じクラスになれた。晶彦は授業の度、机と椅子を持って由布子の教室へ移動していた。由布子がいることや、教師の教え方が晶彦に合っていることから、真面目に授業を受けていた。

一年生の時も同じ教師で、まだ習い始めて間もない頃、丸暗記は覚えにくい。単語を並べる順番の質問をした時、

「まだ、ずーっと後の授業ですることやが」と前置きして、文の基本五形式と、主語、

動詞、名詞、形容詞、目的語…等、かい摘んで教えてくれた。

それで英語というものが分かった気がして、学びやすく、教師との波長も合っていたので、自ずと成績も良くなった。教師もよく指名して、読ませたり、英作文等黒板に書かせた。その流れが二年生になっても引き継がれ、由布子の前で良いところを見せられた。由布子も優秀で、あまり辞書を使わない晶彦にとって、彼女が単語を調べる速さなどにも呆気にとられた。

二年生になって目立ったことの一つは、図工の授業中に晶彦の彫り上げた胸から上の立体人物像を、各々の図工時間に、サンプルとして教師が全校生に回したことである。

もう一つは、三年生を送る会で演劇をすることになったこと。主役に祭り上げられ、役どころは文部省から派遣された火山学者で、衣装として長身で大柄教師の大きく長い白衣を借り、それを着て登乗したため、それだけで大笑いになり、完全にアガってしまった。セリフを忘れ、側にいたサダちゃんに聞いた。その会話が観客席に漏れ、破れかぶれ状態で、漫才のようになってしまい、また大笑いになった。

更にバケツを逆さにして厚紙を巻き、着色した不細工な火山から噴火（薬品を加え）させたことである。光と噴煙は高々と上がった。この演出は担任の教師であったが、晶彦たちが薬品調合の時、少し入れ過ぎたことから効果は大きくなった。これが大いに受け、結局喜劇になってしまった。全ての失敗が大受けになったのである。由布子のクラスは由布子のピアノによるコーラスで、他の学年やクラスもオーソドックスなものだった。

晶彦たちはどこと比べても度外れて目立ってしまい、目立ちたくない晶彦にとっては、思いがけないストーリーの上を訳も分からず泳がされている状態だった。演説会、彫刻、演劇等の晶彦の噂は、晶彦を挟んで一学年上下の従姉たちや近所の同校生から耳に入って来る。結果的に知られるようになってしまった。

このようなことがあったりして、三年生になったのだった。


一クラス四十人余り、教室の一番後ろで、晶彦の隣の席に関和夫がいる。軟式野球部で、結構暴れ者だった。晶彦も、一年生の初めなら苛められていたかも知れない。しかし、今は普段の付き合い。特にスポーツや教室で気心が知れ、晶彦は「カズ」と呼んでいた。二人の前には、時折晶彦と漫才めいた話をするユーモアの持ち主サダちゃんがいて、その隣に静かな村川平太がいる。

休憩時間、後ろの席で男子数名が集まって、歌謡曲の話になっていた。

「俺、歌謡曲あまり知らないんや」晶彦が言った。

「珍しいな」カズが言った。

「その代わり浪曲はよく知っている」

「お爺さんの影響?」近くにいた一人の女子が聞いた。

「いや、爺さんはいない。僕が好きなんや」

「中さん、お爺ちゃんみたい」

別の女子が言って、集まってきた者が笑った。この頃、浪曲は一部の老人が聴くぐらいで、若い者は大抵流行の青春歌謡曲を聞いたり、歌ったりしている。

「夜、枕元へラジオを置いて静かに聞くんや。夕べも聞いた。春日井梅鶯《かすがいばいおう》の天野屋利兵衛、僕の一番好きな演目や。あの三味線に合わせた名調子、義理、人情、堪えられん」

また笑いが起こる。

「でも浪曲は旋律がついた一人語りの物語なんやでー。聞いていると情景が浮かんできて、感動させられ涙も出る。興奮して眠れない時もあるんや。三味線で調子を取ってもらっているけれど、一人で何役も演じてる。大した芸や」

「中さんを感動させる天野屋何とかって、どんな物語?」

先ほどの女子がふざけるように聞いた。

「忠臣蔵の裏話で、改易になったとはいえ、幕府の厳しい監視の中、大恩ある元浅野家家老大石内蔵助より密かに頼まれ、武具を調達した商人天野屋利兵衛と、それを白状させようとする大坂西町奉行の詮議の場面や。白状すれば内蔵助は捉えられ、討ち入りは出来なくなる。浅野家に過ぎたる家老と、殿様内匠頭から絶大の信頼を受けていたほどの内蔵助。その人から自分を見込んで頼まれたのに、白状すれば頼まれ甲斐がない。家族も含め色々な拷問にも耐えぬく。最後に奉行は、見込んで頼んだ内蔵助と頼まれた天野屋利兵衛の強い信頼関係や人物に惚れて、万一の時は自分が責めを負う決心をするんや」

そして浪曲調の真似をしながら、

「頼んだりは内蔵助〜頼まれたりは天野屋利兵衛〜いずれ劣らぬ〜チョット中略するけれど、そちゃ男じゃのう、と奉行が言う言葉が最高の盛り上がりや」

妙な節回しに皆吹き出して、

「そんなのじゃ女の子に持てないぞ」カズが言った。

「俺、下手か？」

分かっていないことに、カズはますます笑った。

「だけど、俺、落語や漫才も好きやで」

喜劇はそれなりの支持があったが、落語や漫才も若者には流行っていない。受けるのは男女の思いを歌う流行歌である。

「ああこりゃ駄目じゃ。この珍しい変わり者」カズが言った。

爆笑になった。

「恋心がないというか…遅れているというか…」

女子の一人がからかう。

「ああ可笑しい」

席で聞いていた由布子は、涙が零れるほど笑っている。

晶彦は話題を変えるように、

「土曜日の夜、小学校の運動場で映画見てたら、途中から雨。良いところやったのに…」晶彦が言った。

「映画は何や？」サダちゃんが問うた。

「旗本退屈男」（映画製作会社東映のシリーズ作品）

「これも色気が無いのう」カズが笑う。

「今でもチャンバラするの？」冗談気に一人の女子が晶彦に聞いた。

〔チャンバラとは映画の中の剣劇を真似るのである。〕

「もうしてないよー、でも、してみたいな」

「あれって、棒切れ振り回し、斬り合いして、よく怪我しないわね」

「そうやな、無意識にも、相手に怪我をさせてはいけないと、お互い気を付けていたのかも知れない」

「ふーん」

「小学校低学年の頃、山の中で遊んでいて、ちょうど刀の反りに似ている細い木を見つけ、それを刀にしてチャンバラをしたんや。その木を持った僕も、斬られた相手も、その日の夜、人相が変わってしまった」晶彦が言った。

「もしかして、漆か？」サダちゃんが言った。

「ああ、男前が台無しや」

「男前ねえ…」女子が笑った。

「もっと困ったことが…」

「何や」分かっているのか、ニタッとしてサダちゃんが聞いた。

言いにくそうに晶彦は続けた。

「その手で、お小水をお垂れ遊ばした」

「ホイ、ホイ」サダちゃんが調子を付けた。

「ううう…困った」言い出したものの、言いにくいのである。

「あそこ、かぶれたのか？」カズがストレートに聞いた。

「うん、腫れ上がって痒いのなんのって…」

「ああ…」サダちゃんが両手で顔を隠した。

皆、爆笑になった。

「阿呆やのう」カズが笑いながら言った。

「そうや、阿呆やから一度ではないんや」

「あら、あら」またサダちゃんが調子を付ける。

「もう止めてよ、お腹が痛い…」女子の一人が言った。

更に大きくなって笑いは続く。

「あーあ、また馬鹿さ、出してしもうた」


晶彦たちが見る映画は、農業協同組合（農協）等が主催する映画会である。学校のグラウンド、お寺の境内等、広場に大きな白い布のスクリーンを張り、地べたに敷き詰めた筵《むしろ》に座って、スクリーンの表と裏側から鑑賞していた。

スクリーンは上部にあるため、長時間に及ぶと見上げている首が痛くなる。そして、季節による寒暖や蚊に悩まされることもある。しかし娯楽の少ない村にとっては最大の楽しみ事である。

時代劇等で善人が悪人に殺されそうになると、ヒーローが馬に乗って助けに行く。観客は皆一丸となって、拍手で応援する。肝心な場面でフイルムが焼けたり、夕立などで中断することも度々ある。そして、裏側から見ると画像は反対になる。それでも見ている。実に素朴な光景で、このような映画会は、村でもテレビが普及し始めるこの頃まで続いた。

二、しのぶれど…

〝オシッコのお漏らし騒動〟から何日か経って、再び国語の授業である。

「たらちねの…母がつりたる青蚊帳《あおかや》の…この〝たらちね〟は、お母さんのお乳が垂れ下がっていることではありません」

女教師が言うと、皆ドッと笑った。

「枕詞（まくらことば）と言って…枕詞とは、昔の和歌などで使われている修辞法の一つで、特定の語句の上につけて、その語句を美しく飾ったり、語調を整えたり…」

説明し終えて、

「あしびきの山…の、あしびきも同じことですね」

そして続けて、

「ちょうど、あなた方が興味を持てるような和歌を二首紹介します」

女教師は晶彦と由布子に目を配りながら言った。

「二首って何ですか？」一人が質問した。

「和歌の数え方です」

しのぶれど　色に出でにけり　わが恋は
　　ものや思ふと　人の問ふまで
　　　　　　　　　　平《たいらの》　兼盛《かねもり》

恋すてふ　わが名はまだき　立ちにけり
　　人知れずこそ　思ひそめしか
　　　　　　　　　　壬生忠見《みぶのただみ》

黒板へ書いてから、

「この二首は、教科書に載っていませんが、小倉百人一首から選んだものです。意味は多少違いますが、どちらも人知れず、密かに思っているのに、表情に表れてしまうのか、人に知られてしまうというもので、恋する人の心情を上手に表現していて、私は好きです」

晶彦は由布子を見た。由布子も晶彦を見て、二人はすぐ目を伏せた。

更に女教師は詳しい説明を加えた。晶彦は感動した。女教師は三十歳前である。家の方向が同じなので、朝など、よく自転車を並べて、話しながらペダルを踏む。晶彦は何かにつけ、この女教師に好感を持っていた。その晶彦に対して、女教師も好感を持って接している。

「皆さんも大いに恋をして下さい。学校生活も楽しくなりますし…」

　生徒は真剣に教師の顔を見て聞いている。そんな中、男子の一人が戯けるように質問した。

「先生片思いはどうするのですか？」

「片思いでも良いじゃないですか、大いに悩んで下さい。その思いを文字にして下さい。素晴らしい詩や短歌、文章になると思いますよ。そして、更により良くしようと語句を探したり、文字の組み立てを考えて下さい」

　黒板に書いた二首を指して、

「実はこの二首、平安の昔、天徳四年、西暦では九六〇年三月、宮中において、村上天皇の御前で催された歌合わせから生まれたものなのです。＜天徳内裏歌合＞として有名です。歌合わせとは左方と右方に分かれ、同題で歌を詠み合い、その優劣を競うものです。この二首は〝恋〟という題から生まれました。このように言ってしまえば、なーんだと幻滅してしまうかも知れません。しかし、たとえバトルから生まれた歌であっても、天皇の御前で詠むほど選りすぐられた優秀な詠み手でさえもが、考えに考えた末、生まれた作品なのです。だからこそ、甲乙付け難い素晴らしい歌になったのです。何でも創作するということはそういうものなのです。例えばーそう、身近なものでは、皆さんが書くラブレターも良い例です。書いては破いて、また書いては破く。満足できる内容や間違いのない美しい文章にしようと努力する。だからこそ上達するのです」

静かに聞いていたその中から、男子の一人が質問した。

「先生もラブレター書いたのですか？」

「ええ、もちろん書きました」

「わーっ」女子の感嘆の声が合わさった。

「私も片思いで、せっかく書いた手紙も出せなかったけれど…」

「片思いは辛いからのう」

先ほどの男子生徒が言った。実感のこもったユーモアたっぷりの言い方に、皆、どっと笑った。笑いの中で、女子の一人が、

「先生にラブレターの書き方教えてもらったら」

「阿呆！」

爆笑になった。

笑いが収まった頃、

「動機、手段はともあれ、皆さんが書くことに、そして、文字や表現に興味を持ってくれれば、自然と国語が好きになると思います。それは、忍んでいても他人に分かってしまう恋と同じで、普段努力したことがその人をつくり、知性の魅力として全身から現れてくるものなのです。知性とともに品格も付いてくると良いですね」

教師は腕時計を見ながら、真面目な顔で、

「外面だけでなく、内面からもチャイミングになって下さい」

すると、女子の一人が、

「先生、それって、チャーミングじゃないですか？」

とぼけた顔をして教師は、

「あらあら、誤っていたかしら…訂正ありがとう」

その時、この授業の終わりを告げるチャイムが鳴った。

「ちょうどチャイミングよく、チャイムが…」

気が付いた生徒たちはどっと笑った。

普段、あまりこのようなことがないだけに、意外だったのである。

教師は、今日言ったことが生徒たちの脳裏に残り、日常の生活の中で無意識に実行している様を想像し、願いを込め、印象付けておきたかったのである。

「先生、上手い落ちや」

サダちゃんが感心して、珍しく言葉を発した。

「落ちって、なんや?」誰かが質問した。

教師が「教えてあげて下さい」と言うと、サダちゃんは立ち上がって、

「えーっと、あれっ、説明できない」頭を掻いて席に着いた。

「そのように、分かっていても説明できないことが多いものです。そういうことを文字に表すよう努力してみて下さい。きっと良い文章が書けるようになれます。分からない人は辞書で調べて、自分で表現方法を変えてみると良い訓練になりますよ」

〔ちなみに「落ち」とは辞書によると、落語など人を笑わせて気の利いた洒落などで、すっきりとまとめる結末の部分、さげ、とある。〕

「作文は駄目でも、短歌なら作れそうや」

授業が終わって、晶彦が言った。

「中、恋してるのか?」カズが問うた。

「そんなんじゃない、俳句に七、七付ければ良いだけやから」

「おまえ、俳句作れるのか?」

「中さん作ってるの?」由布子も聞いた。

「小学五年の時、初めて作った句を先生に『プロ級や』と乗せられて、少しの間凝ったことがあるんや…自己流だけど。俳句にしろ、短歌にしろ、詠む調子が良いし、覚えやすい。短い文に深い意味があり、表現も美しい。好きになった。今日の和歌の秘めたる思いを歌にする…良いなあ。でも字が下手やからなあ…」

「やっぱり、おまえ、色気づいたんか?」カズが言った。

「アホヌカセ」

「分からんぞー」誰かが言って、周囲の者が笑った。

「しのぶれど…と、くらあ」サダちゃんが言った。

「ああこりゃこりゃ…か。あ~あ、サダちゃんが変な節付けるから、せっかくの美しい恋歌もお笑いになってしもうた」と晶彦が言った。

「お二人さん、どちらも変わりないわ」

女子の誰かが言うと、また周囲の笑いが起きた。

そんな中で、「一首出来た」と晶彦が言った。

「早いのう、見せろや」カズが言った。

「あかん」

次の授業が始まってから、男女二人の生徒を介して、由布子から折り畳んだ文が回ってきた。

「詠んだ歌…教えて?」と書いてある。

「恥ずかしい」と書いて戻した。

「お願い」と書かれた文が再度届いた。

由布子に見てもらいたいという気持ちもあって、晶彦にしては丁寧に書いて渡した。

かき上げて　また零れ落つ　黒髪に
白い愛《め》で顔　見え隠れする
ひょうたん

「誰にも見せないように…」と、付け加えて渡した。

すると、彼女は見るなり緊張し、真剣な顔になった。さぞ面白い短歌だろうと思っていたのである。

見入っていたかと思うと、「クスッ」と笑った。「ひょうたん」の文字を見たのである。その笑いに周囲の生徒は一瞬彼女の方を見た。彼女はその視線に気づかないまま、「誰のこと読んだの?」と書いて回した。「言わない」と返した。「意地悪」と回って来た時、

「こそこそせずに真面目に授業受けるように」

誰とは特定せずに教師が言った。

二人は顔を見合わして首をすくめ、微笑んだ。

由布子は肩より少し長い艶のある黒髪で、長めの前髪以外、常々、上部の髪を後ろで束ね、他の髪とともに後ろに垂らしている。

束ねたところには、少し大きめの布製で濃紺、紫、黒、茶色等のリボンを、日によって変えながら、ちょうど蝶が羽根を広げ、頭に預けて休んでいるように付けていることが多い。優雅なお嬢様風である。今日は何も付けていないから、着座して机に向かいうつむくと、サラサラ零れてくるのである。

美髪《うまがみ》にするか…黒髪にするか…特に迷ったのは、「愛で顔」の上に何を置くかである。「君の愛で顔」とは流石に書けず、「白い」に決めた。そして「白」を使ったことで、対比に「黒髪」にした。

これだけ詠むだけでも、晶彦なりに迷い、考えたのである。

由布子は家で、その日の出来事、見聞きしたことをよく話す。特に母親には何でも話す。オシッコお漏らし騒動の時のことは、「あのね…お母ちゃん…今日ね…」とまで言って吹き出してしまい、言葉にならなかった。

「笑っていては分からないわよ」

「だって、可笑しくって思い出す度、吹き出してしまうんだもの」

「由布子がそんなに楽しそうに笑うのは、初めてじゃない？」

「ええ、今までで一番可笑しい」

やっと話し終えると、母親も笑いながら、

「彼にそのような一面があったのやね。でも、由布子に合わしてくれて息がピッタリだったから、楽しさも加わって一層可笑しかったのだと思うよ。だから由布子が一番可笑しく感じたはずだよ」

浪曲、漆《うるし》のことがあった日も、話しかけては笑いが止まらない。

由布子の母は由布子の話によって、晶彦と由布子のことは全て把握できていた。そして馬鹿話をしている中で、由布子は晶彦が詠んだ短歌も母に見せた。

「私も彼のファンになりそうやわ」

「お母ちゃんは駄目、私だけ…」と言ってしまい、ハッとして赤くなった。

母親はその様子を見て微笑んでいる。

由布子は晶彦が近くにいることによって、晶彦と自分の周りに突然何が起こるか分からない意外性も、学校に行く楽しみになっていると言った。由布子にとって、小学校から八年あまり経つが、初めて興奮する経験である。

そして晶彦の短歌が気になっていた。

〈誰のことを詠んだのだろう…私以外であれば、私に見せるはずはないし…やっぱり私のことやわ…そう思うことにしよう…それにしても、私のことをよく見ているんやわ…だから、あの馬鹿話をしている時も、私のことを考えて、こんな短歌が出来たんやわ…〉

そう思うと全身が熱くなるのを覚えた。

オシッコお漏らし騒動や面白いことがあった時など、当初、顔を合わせるとお互い吹き出すこともあった。しかし、最近では面白いことが起こった後でも、教室では結構馬鹿話もするくせに、廊下等、二人きりで出会ったりすると、お互い目を伏せて黙って通り過ぎるだけである。視線やまなざしが一層気になりだしたのである。

晶彦は前を自転車で急いでいる国語の女教師を見つけて追いつき、横に並んで話しかけた。外では男女生徒同士、お互い話しかけないが、教師は別である。

「おはようございます」

「おはよう」

「気持ちの良い陽気ですね」

「そうよね」

「教室でも居眠りしそうや」

「そうかしら？　楽しそうなのに」

「先生の授業は楽しいんですよ」

「あら、おべっか言って」

「本当です。でも、こんな陽気なら寝てしまいそうや。大目に見て下さいね」

「駄目！」

「でも、先生の授業は眠くならないかも…」

「今の中さんは、眠らなくても夢心地じゃないの？」

「どういうことですか？」

「ふふふ…」

晶彦は熱くなるのを感じた。

「短歌、気に入ったみたいね」

「はい、一生の友になりそうです」

「自分でも詠んだみたいね」

「ええっ、どうして先生が？」

「これでも、私は教師ですよ」

「はい？」

「ふふふ…」

「こうして話していることも、何もかもが夢の中かも…季節外れの春の夜の夢なのかな…」

「いつまでも春のままで良いんじゃない？」

「はい、でも、かーっと熱く燃える夏も好きです」

「まあ、凄い…中さん、詩人というか…詩の中の世界にいるみたい」

「先生の影響です」

「まあ…教師相手に馬鹿ばっかり言って…」

そんな会話をしているうちに校門に着いた。


数学の授業が始まり、晶彦はそっと由布子を見る。視線がよく合う。その度に顔を赤らめてうつむいている。晶彦の方が恥じらいは大きい。そのうちボーッとして由布子の方へ顔が向く。その様子は教師から見ればよく分かる。

「中晶彦！」

「ハ、ハイ」

「今、先生が言った答えは？」

「はいっ？」

「ボケーッとしてないで、よく聞いておけ」

「すみません」

皆笑う。晶彦は相変わらず、チラッ、チラッと由布子を見てはボーッとしている。近くで見る由布子は美しい。身も心もとろけてしまう。

〈入学前の正月に会ったことなど覚えていないだろうな…印象が無かっただろうから〉

もの思いも深みに入り込んだ。

「中晶彦!…中晶彦!」

「ハ、ハイ、何ですか?」

「何ですか?やと…立っとれ。ボケーッとして…」

教師の言い方が可笑しかったから、爆笑になり、晶彦は皆の前でさらされる格好になった。またしても由布子の前でみっともないことになったと情けない思いである。

「静かに!」

教師は黒板の問題を指して言う。

「誰か前に出て解いてみなさい」

主立った者数名を指名したが、誰も出て行かない。

「中! やってみろ。出来たら座らせてやる」

晶彦はその場で少しの間考え、やがて前に出て黒板へ書き始めた。

彼は難問や経験の無い問題を解く場合、図に表して道筋を考えるようにしていた。それは定理を証明するときの手法にも似ている。今もその手法を使い糸口を見つけた。そして今まで学んだことを応用しながら、数式に置き直して、計算しだした。こういう時の晶彦は自分の世界に入っている。皆が見ていることは意識にない。答えを書き終えた晶彦は教師に目で合図をした。

「そんなこと教えていない。しかし答えは合っているし、面白い解き方や。何か見たのか？」

「いいえ」

「席へ戻りなさい。座って宜しい」

教師は続けて言った。

「中晶彦はボケーッとして授業を聞いていないから、こんなことになったが、解き方には色々あるということです。でも、今日は先生の話した解き方でしなければならない。良いな中晶彦、授業はよく聞いていなさい」

「ハイッ」

教師は今日教えた解法で黒板へ書いた。

その授業が終わって、「あーあ立たされた」と晶彦が言うと、近くの女子が「ボケーッとして」と言ってからかった。また笑いが起こった。
「ボケーッと、何考えていたの?」別の女子が問うた。
「女のことに決まっているじゃないか。色気付きよった」隣の席のカズが言った。
晶彦は廊下で、まだ教室には笑いが起こっているのが聞こえた。

由布子は二年生の時、晶彦とともに学んだ英語の授業を思い出していた。晶彦は教師に指名され、教師が黒板に書いた日本文を英訳した時も同様だった。黒板の前で少し考え、黒板へ英文を書いた。しかし、一カ所単語の空白があって、「この単語分かりません」と言った。すると教師が空白を埋めて、「これで完成」と言った。そして、「このような表現もある」と言って、教師は別の英文を書いた。その後、晶彦に「もっと予習をしておくように」と言った。

今日、晶彦が黒板に書いた数学の解法は、教師が教えた方法より由布子には遙かに理解しやすかった。
〈今日のことは、授業を聞いていない生徒、そして理解をしていない生徒も何人かいるはず。他の生徒がボケーッとしていても教師は気にも留めず、指名しなかっただろうし、このような展開にはならなかったに違いない。別に目立つ行動はしていないの

に、何と存在感がある人なんだろう。そして、どの教科も晶彦は教師によく指名される。教師は晶彦に何かを感じるのだろうか？〉

由布子の晶彦に対する興味は一層深まった。

ソフトボールは季節関係なしに常時行っている。夏など、竹藪にボールが入ると見つかりにくく、探しに入れば藪蚊に刺され、哀れな姿になる。痒さも尋常でない。それでも懲りずにする。学校でも少しの時間ができればプレイしている。それほど、大抵の男子が好むスポーツである。

そんなこともあり、よく似たプロ野球も人気がある。夏場になると、男子の間では、プロ野球や自分たちがするソフトボールの話題も多くなる。クラスのほとんどが巨人ファンの中、晶彦は数少ない阪神ファンである。時には口での巨人阪神戦になる。王、長嶋がいる巨人に対して、打力の弱い阪神を支えている小山、村山だけの投手力や、阪神ファンの少ない晶彦には分が悪い。

女子が入ると自然と話題は変わる。ある日の教室。休憩時間、晶彦に近い女子の席に四人ほど集まって、キャッキャと騒ぎながら時折、晶彦の方を見てはニヤニヤしている。

女子の一人から「中さん！」と声をかけられ、晶彦はギクッとした。

「なに？」と彼女たちの方を見た。

皆、ニタニタと意味ありげな笑みを浮かべている。

「文通しているんだってね、女の子と」

「え、え、え…何…それ？」

「トボけて…」

「文通って？…誰と？」

「隣村の佐伯鈴江さんと」

「え、え、え…全く、そんな人知らない」

「凄く可愛い人…」

「本当に知らないんや」

「うっそう…噂立っているわよ」

「不思議なことがあるものや。会ったこともないし、恥ずかしながら女の子への手紙の書き方も知らない。もっとも普段の手紙も書けないけれど」

「本当に？」

「うん。手紙どころか、作文だって一行も書けない。それに知っての通り字も下手だし」

「でも、お習字、よく張り出してもらってたじゃない？」

「あれは上から写しているだけだから」

「本当に彼女を知らないみたいね。おかしいな？　ねーっ」

女子たちは顔を見合わせる。

「そんなはずないわ、噂広がっているもの」と別の一人が言った。

「困ったな…」晶彦は本当に困っている。

「あら、恥ずかしがっている」と、また別の一人が冷やかした。

「でも、本当だったら、その子に口止めしているよ」

「あら、開き直った」

「本当に知らない。怒るぞ」

彼女たちは口々に晶彦を冷やかすように言う。

「本当に知らないのなら、もったいないね。素敵な人なのに」

「君たち、どうして、その人のこと知ってるの？　どこで聞いたの？　そんなこと」

「それは秘密。ねーっ」

「あっ、そうそう、年下の女の子に勉強教えているんだって？　他にも時折家を訪ねて行く女の子もいるっていう噂もあるわ」

「はて？　今日は身に覚えのないことを、沢山言われるものやな…あっ、これは思い当たることがある」

「それごらん。火の気のないところには煙は立たんと言うし」

「近所の女の子に頼まれて、二度ほど教えたことがある。時折来るのは従妹で、家のことも手伝ってくれる」

「従妹でもねーっ…私も手伝いに行こうか？」一人が言った。

他の一人が、

「私にも勉強教えて？」

更に他の一人が
「代わりにラブレターの書き方教えてあげたら？」

様子を窺っていた一人が、

「恋しい、恋しい鈴江様ってね…違った、由布子様かな？」

晶彦は赤くなった。

「あらっ、あらっ、あらっ、赤くなった…由布子ちゃんか？」

五人が手を叩いて笑う。

「寄って集って、追い打ちをかけるように、そう苛めるなよ」

女子たちが楽しそうにはやしている。

「一学年下で、中さんに熱を上げている素敵な女の子もいるんよ。色男！」

「それにしても女の子は噂や詮索好きやな」

「そうよ。ねーっ」口を揃えて言った。

「ああ、熱が出てきた」

始業のベルが鳴り、五人に増えた女子たちは笑って切り上げた。

自分の名が出たものの、この会話を由布子は微笑みながら見ていた。由布子の前でこのような話が出ようとは晶彦は本当に熱が出そうであった。


数日経った教室で、晶彦と小学校から同級の佐和子が由布子の近くに来て、晶彦に話しかけた。

「お父さんと田んぼで何してたん？」

「洪水が水田を砂で覆ったので…砂出し」

「でも、伊勢湾台風は一年生の時の九月でしょう？」

「うん。あの時堤防が決壊して、まだ直っていないんや。…だから、大雨が降れば洪水が田んぼを覆うんや。…その都度砂出し。…全く無駄な仕事や。…堤防決壊は伊勢湾台風だけじゃないもんな」

「砂…沢山？」

「うん…まだ何日かかかりそうや…待っていても国は直してくれないし…自分たちで

堤防も修復しなければあかんやろ…洪水の度にこれじゃ敵《かな》わんもんな」

「大変ね」

「僕たちで出来ることは、筵《むしろ》で作った袋（叺《かます》）や藁《わら》で作った俵、古くなった麻袋（ドンゴロス）へ田んぼを覆った砂を入れ、土嚢《どのう》のようにして積み上げることぐらいや」

「その方法って一石二鳥じゃない」

「多少の効果はあるけれど、大きな洪水には焼け石に水。元々川が小さ過ぎるし、カーブしている所だから被害が出やすい。国が大きな治水工事をしなければ、いつまで経っても繰り返しになる」

「私の家は経験無いから、国や治水のことあまり知らないわ」

「知らなくて済めば幸せや。砂を出して収入があるというものでないから、余計疲れるよ。父の気持ちを思うと、そうも言っておれんが、ともかく疲れる。この痩せが土方仕事だもんな」

「あの伊勢湾台風、凄かったわね？」

「うん…小学校のグラウンドの桜、銀杏、ポプラの大木が倒れ、柳の木まで折れて…この学校の近くの、あの大きな雲出川も、普段水が少ないのに、台風の直後見に行ったら、溢れるかと思うほど多く…八ッ山橋が流れてしまわないかと心配やった…通学出来なくなるもんな」

通常夏は農閑期で田に出ることは少ないが、土曜日の午後、成長してきた稲の側で、晶彦は父と堤防の補修工事をしていた。過日佐和子が見た作業である。ここは晶彦の家から二百メートルほど離れている。

静かな中に、聞き慣れた明るい笑い声が聞こえてきた。由布子である。晶彦はハッとして、瞬間鼓動が速くなった。母娘で楽しげに談笑しながら、晶彦の家の前の県道を歩いている。由布子は晶彦に気付いていないのか、その気配は無い。晶彦も気付かないふりをして、黙々と作業を続けた。

〈はて？　何処へ行くのだろう？〉

ここから彼女の家は二キロメートルほど離れている。歩いてここを通るのは、珍しいことなのである。母娘が視界から消えても、晶彦にはしばらくの間、鼓動の余韻が残った。

月曜日の教室で。

「土曜日、何処へ行ったの？」

「大阪まで」

「よく行くの？」

「時折、ピアノのレッスンに」

「ふーん」

ピアノのある家は稀で、裕福な家庭にしか無い。ましてや大阪までレッスンに行くなど、他に聞いたことがない。それに、彼女の母親は音楽と家庭科の教師である。その母親が由布子のピアノレッスンのため、この町から離れた大阪までわざわざ連れて行くのだから、お嬢様の単なるお稽古ごとではなく、ピアノにも非凡な才能があるに違いない。

その上、仕草もたおやかで、生まれ持ったであろう高貴ささえ漂う品がある。そして、その全てが自然で、彼女の容姿に合って、より美しくしている。服装一つとっても、同じセーラー服だろうに、他の女子とは違って見えるのである。

〈違うな…俺から見れば、やっぱり別世界のお姫様や…〉

戻った席で晶彦は大きくため息をついた。晶彦だけでなく、男子全てがそう思っていた。

〈それにしても、大阪へ行くなら由布子の家の近くに国鉄の駅がある。それに、あそこまでわざわざ歩いて行かなくても、もっと近くに県道のバス停もあるのに〉

不思議に思ったが、詮索はしなかった。

由布子の日常生活はピアノのレッスンと学業が主で、時折母に付いて家事、農業の手伝いもする。三年生になって友人と遊びに出ることも少なくなった。特に夜の外出は晶彦も聞いたことがない。

日が変わり、理科の授業が終わって昼食後、外は雨なので、生徒たちは蒸し暑い教室や廊下のあちこちにたむろして話をしている。

晶彦は自分の席で、机上に肘をつき両手の平を顎に当てて、ぼんやり前方を見つめていた。

「何考えているの？」佐和子が晶彦に言った。

「別に」

「何だろな…その顔は女の子のことじゃなさそうだし」

「う？　うん」

視線や姿勢を変えることなく返した、晶彦の面倒くさそうな返事に、佐和子は少しムキになった。

「あっ、そう。私には口も聞いてくれないの？」

「考え事してるんや」晶彦も話さざるをえなくなった。

「先ほどの授業のこと？…．授業が終わってからやもんね」

「う、うん」

「なにや？　うかない顔をして」席に戻ってきたカズが言った。

「う、うん」

「納得しないことがあれば、授業中に聞けばいいのに？」

「でも、答えが出ないから」

「先生をなめているのか？」

「そんなことない、尊敬している」

「なら、言ってみよや」

ここまで言われたら言わない訳にはいかない、と思いながらも、

「笑うから止めとく」

「笑わないから」佐和子が言った。

「嫌や」

晶彦は、ここで佐和子たちに言っても無駄なこととも思った。

「もったいぶらずに言えや」カズが言った。

由布子が自分の席から興味深そうに見ていて、晶彦には目で催促しているように見えた。晶彦は思い直したように、

「そ、そんなら言うけど、先ほどの授業で、地球の磁気の発生や磁極が決まるのは、地球のコアが鉄の固まりで、そこから出る磁力が地表に現れているとのことやけど、これは間違いやと思う」

ためらいながら、しかし、自信を持って言った。

「そんなこと考えていたの、偉い学者先生が考えて、教科書に載っているんだから間違いないいんじゃない」

「ヤッパリ馬鹿にしてる」

「馬鹿にしてないわ、私たちとは変わったことを思いつくと思って」

「変わり者と思っているのやろ」

「でも、なんで間違ってると言うのや。図鑑にもあるのに」

理科の好きなサダちゃんが話に加わった。

「地球の中心部は高温度、高圧力というやろ」

「うん」

「高温度になったり溶けた鉄に、磁気は無いのじゃないかと思う」

「なぜや」

「この前、磁化した鉄の棒を真っ赤に過熱したら、磁気がなくなった」

「ほんまか？　実験したのか？」

「小刀を作っていて、たまたま」

「何が違うのやろな」

サダちゃんも席に座って考え込んでしまった。由布子は黙ったまま晶彦に目を向け、成り行きを見つめている。

〔ちなみに、強磁性体が、ある温度で磁気が失われることは、ピエール・キュリーによって発見され、その温度を発見者の名からキュリー温度、またはキュリー点とされている。このことは既知のことで、書籍にも掲載されており、晶彦たちが知らないだけであった。なお、鉄のキュリー点は七七〇℃で、晶彦が加熱した温度もこれ以上だったに違いない。〕

「あっ、思い出した。同じようなこと、二年生の時、理科の授業で先生と激論して、一時間潰れてしまった、あれ、あれ。あの時も中さんの考えは違っていた」

佐和子が言った。

「あの時は皆には迷惑かけた。悪かった。皆、文句言ってたな」

「でも、格好良かった。迫力あったわ。先生真っ赤になっていたね」

「先生にも悪かった。放課後にすればよかった」

「あの結論、どうなったの？」

「私も聞いているけれど、興味あるわ」

由布子が話に入ってきた。晶彦は微笑んだだけで、答えなかった。

あの時は電気関係のことで激論した。その後、数週間経って、放課後、出席簿を持って職員室へ行った時、教師は「君の考えが正しかった。済まなかった」と謝った。晶彦は教師の正直さが嬉しかった。一年生から今も担任である、誠実で親身になってくれるこの教師が大好きなのである。

「この頃見かけないけれど、小学校の時のように色々作っているの？」

佐和子が問うた。

「うん？」

「ほら、理科の…」

「ああ、ボチボチな」

「小学校の時、電気で動く面白いもの、中の家まで見に行ったこともあるもんな。あれを見て、俺、電気が好きになったんや」

近くに来ていた男子が言った。

「最近、何か作ったんか？」続けて男子が聞いた。

「内緒」

晶彦は微笑んで、

「なんで？」

「仮に面白いことを考えついても、材料をゴミからあさったり、木や竹では作れない物が多いし、加工する機械や道具も無いから、実験すら出来ない。考えだけになってしまう。小学校の頃とは大分違うんや」
「何だか難しそう。でも、やっぱり博士続けているんだ…」
と佐和子は言った。

事実、この頃晶彦は色々考えていた。

回っている「独楽」が倒れない不思議、引力の不思議、先ほど話題になった地球磁気（地磁気）の不思議、それに完全一致とは言えないまでも、地球は地磁気の北（N）極と南（S）極を軸として自転しているということ。偶然だろうか？　太陽からいつも同じように光を受けているのに、氷河期が訪れるのは何故だろう？　そして光。もし光が粒子ならば、鏡をどれだけ綺麗に磨いても、粒子の大きさから見れば粗いもので、まともに反射するとは思えない。それに超高速で飛んできて、肌に当たれば痛いどころか、肌が潰れるのではないか？　或いは通り抜けてしまうのではないか？　など素朴な疑問、納得出来ないモヤモヤしたものが頭から離れず思案をしていた。

ともかく、次々と未知の世界に駆り立てられ脳はいつも忙しい。しかも、それらは難しく、ラジオなどを作る比ではなかった。

小学校四年の時、理科好きの担任教師が、休日、校庭で遊んでいた晶彦に声をかけ、他校から集まった教師たちの研究会の場で、メンバーに「理科好きの少年です」と紹介した上で、静電気の実験に参加させたことがあった。晶彦は今でも、初めて見たその現象の興奮が覚めていない。

その頃、その教師に頼まれて、ものづくりや校内設備の設置、修理作業などを手伝うことがあった。しかし、他の学年で、授業の些細なことに、教師と生徒の特別な関係を取沙汰されて、ＰＴＡで問題となったことがあった。それ以来、カリキュラム以外のことであっても、教師に相談することは控え、自分で進めていた。〝博士〟というニックネームもこの教師が付けたものである。

「受験勉強、もうしてるんやろ？」先ほどの男子が言った。

「まだや。でも、しなきゃな、うろ覚えが多いから…」

「うろ覚え？」

「うん。この前の模擬試験、世界史のジンギスカンと地理のガンジス川が混ざってしまって、ガンジスカンと書いてしまった」

女子の誰かが、

「ジンギス川？　えっ？　あれっ？　どうだったかしら？」

「ますますこんがらかってきた」

近くで聞いていた別の男子が言った。

「それって何？」他の女子が言った。

皆笑った。

「な。こんなこともあるし、三年になったから、就職するにしても進学するにしても、もう一度、今までの復習はしなければならないな。やっぱり忘れてるもんな。教科書を積んで枕にして寝るとするか」

「寝ている間に覚えるということか…」誰かが合わした。

「えっ、本当？」離れた席にいた女子の一人が言った。

皆笑った。

「それにしても、この頃、授業中、この前のようにブザマだからいけないよ」

晶彦が言った。

「あの時、何を考えていたんや」

集まってきていた男子の一人が言った。

「由布子ちゃんのことに決まっているじゃない…だって、中さんこんなこと初めてやもん」

佐和子が言った。晶彦は赤くなった。

「そんなこと言ったら牧村さんに迷惑や。牧村さんと僕では月とスッポン、提灯に釣り鐘や」

「ホラ、ご覧なさい。好きなんでしょう。八年あまり同じクラスだもの。分かるんだから」

「私に気を配っていてくれてるだけよ。優しい人だから…」

「あら、優しい人だって。やっぱり、由布子ちゃんも中さんのこと好きなのね。援護したりして」

由布子も赤くなった。

「あら、私…佐和子ちゃんこそ…」

話が面白くなってきて、また女子が一人加わり、からかうように、

「蒸し暑いのに、ああ、熱い、熱い、良いなー私も燃えたい」

晶彦と由布子が困っていると、昼休み終了の予鈴が鳴った。

考え込んでいたサダちゃんが浪曲調に、

「ちょうど時間となりました～ハイ、それまで」と、割って入った。

晶彦は親にも勉強するように言われている。しかし、時期によっては広い部屋は養蚕で占領されることも多いし、集落の集まりや宗教の行事等で落ち着いて使えることが少ない。それに、養蚕は糞や葉っぱの臭い、寒いときは練炭を焚くから、ふすまや障子戸の隙間から一酸化炭素、二酸化炭素、亜硫酸ガス（二酸化硫黄）などのガスが

漏れてきて気分が悪くなる。練炭こそ使わないが、今も養蚕の最中である。

更に、狭い部屋で目刺し状に並んで寝ている家族は、早々に高イビキをかいているから、なかなか勉強する気になれないでいた。そして、小学校の頃から教科書はできるだけ傷まないように使い、学年が終われば、使える本は全て従妹に渡していた。それに参考書も無いに等しい。従って復習に使える教科書や参考書は少ない。これらのことは友にも話さない。貧乏たらしいことを、わざわざ話したくないのである。晶彦は自分の記憶力に絶対的と言える自信が持てない。それ故、普段の学習については晶彦なりの方法がある。

その日習ったことは、本や黒板をしっかり見ておいて、自転車に乗っている時や家の手伝いをしている時などにも、新鮮なうちに頭の中で復習、整理する。忘れていることは後で教科書やノートを見る。そして予習は一切しない。だからあまり時間はからない。しかし、授業にかかわらず、興味のあることはジックリ考えたり、とことん取り組むこともある。その時は、唯一救いとなる学校の図書室を利用する。図書室といっても、欲しいものが全て揃っているわけではないが。

二年生の時、由布子とともに学べた英語が、三年生になって、晶彦のクラスは男女二つに分けられ、他の教室に行った。教師が足りなかったのである。由布子がいない上、授業が悪く、晶彦は全くやる気がしない。そんな中にあって、途中で教師が代わった。二人とも歳を食った教師なのに、何の工夫も感じられない。今まで何を考えて授業してきたのか？　生徒が教師を選べないはがゆさを痛感した。

しかし大事な三年生である。家で自分流に勉強することに決め、授業は無視した。一、二年生に今のような教師だったら、自分の英語力はどうなっていたかと思うとゾーッとした。一、二年生の間に、自分で進められる力を付けてくれた教師に感謝した。

楽しい学校生活が過ぎてゆく中、一学期も終わり、由布子と一緒に受けられない授業がこんなにも味気ないものとは…。そして夏休み…本来なら嬉しいはずであるが今年は違った。晶彦にとって、毎日由布子と会える授業の方が遥かに楽しいのである。

三、ノクターン（nocturne）

夏休みに入って、晶彦も受験のための学習計画を立てた。

夏休みから始め、二学期が終わる頃には完了する大まかな内容である。計画倒れになってはいけないと苦笑した。太陽は容赦なく照りつける。この山里も例外でなく暑い。蝉時雨がより暑さを感じさせる。

昨日詠んだ句である。

蝉でさえ　葉陰探して　早じまい

晶彦は家から近い川の泳ぎ場にいた。

近所の幼児から中学生までの男女が十人ほどで遊んでいる。川向こうの〝竹輪〟こと野村哲治も来ていた。彼は箱眼鏡で覗き、手製の道具を使って、鮎、ウナギなど川魚を捕獲するのが巧い。中でも両手に天蚕糸《てぐす》のタモを持ち、浅い流れの中で魚が素早く動く寸前に、より素早くタモを入れ、瞬時に捕獲する技を晶彦は名人芸と賞賛していた。

今日も、その技に晶彦は、「あんさんには、かないまへん」と、漫才を真似て冷やかしていた。

哲治は笑みを浮かべながら魚を狙って余念がない。

登校していた近所の遊び仲間が晶彦に言った。

「晶ちゃんと同じクラスの牧村由布子さんが来ていたよ」

彼女のことは後輩にも知られている。

「そうか」

「彼女の側を通った時、晶ちゃんの名が聞こえた。誰かと話していた…晶ちゃんなかなか隅に置けないな」

「からかうな」

彼は一年下の男子で、山、川で遊んだり、ソフトボール、軟式野球等をして、ともに遊んでいる気のおけない仲間である。

晶彦の心は落ち着かなくなった。今の晶彦は、一日でも由布子の顔を見ないと寂しくて落ち着かないのだ。何日か経っているだけに、その思いは一層強く込み上げてきた。

「俺、帰るわ」晶彦は言った。

「学校へ行くん?」遊び仲間が言った。

「いいや」

竹輪も晶彦を見てニヤニヤしている。

晶彦は家に戻り、自転車で学校へ急いだ。

音楽室からピアノ曲「エリーゼのために」(一八〇八年、ベートーヴェン作曲)が聞こえてきた。この曲は晶彦も知っていた。引き戸は開いている。そっと見て、戸陰へ戻った。

他のクラスの岩本麗子が弾いている。少しの間、聞き入った。そのうち弾き終わり、何事か会話しながら、替わって由布子がゆっくり弾き始めた。初めて聴く曲である。曲名は分からない。

彼女が弾く間、晶彦はウットリ聞き惚れた。弾き終わったとき、ためらいながら覗いた。他に誰もいない。仲の良い二人は一緒にいることが多い。二つの白い顔は晶彦を見つけた。

「来ていたの？」由布子が声をかけた。

「うん…ピアノの音がしたもので覗いた」

「こちらにいらっしゃいよ」

晶彦は入り口でモジモジしている。

「私たちが行こう」麗子が言って、二人は入り口に来た。

いつもの教室とは違い、男子一人の晶彦はカチンカチンになった。何か言わなければいけないと思いながら、晶彦は何を喋ってよいか頭が働かない。

「雲出川へ降りて足を浸さない？」無意識に口から出た。

「中さんは外が好きなんやね」由布子が言った。

「でも、日差しが強いんじゃない？…日焼けは嫌よ」麗子は言った。

麗子も品が良く、お淑やかで美しい。飾り気は無いが、良い香りがする。

「橋の下へ行けば良い」晶彦が言うと、

「橋の下って、乞食みたい」由布子が笑った。

「薦《こも》が無いのが残念だけど」晶彦が乗った。

「私たち三人、薦被るの」

「似合うと思うけどな」

「まあ」

このような話になると、晶彦は何とか繋がるのである。

三人は外に出た。カンカン照りで、うるさいほどの蝉時雨が一層暑さを感じさせる。

校舎の裏側から斜面を川原へ降り始めた。由布子と麗子は日傘を差している。

「傘に入る？」由布子が言った。

「相合い傘？」

「そうよ」

「恥ずかしいから…それに…」

「ああ、麗子ちゃんね」

晶彦は照れて頷いた。由布子は可愛いと思った。

「私なら気にしないで」と麗子は少し離れて先を歩いた。

晶彦は話をそらすように、

「今日は青山高原も綺麗に見えている。ここから見る風景も良いやろ。僕はこの構図、好きなんや」

「言われて初めて気が付いたわ…空、山、集落、川や木それに橋、綺麗に調和が取れているわね。中さん、前から見ていたの？」

由布子が言った。

「うん、いつか描こうと思っているんや」

「私も一緒して良い？」

「う？　うん」

思いもよらない彼女の言葉に、更にのぼせ上がった。

「何でも興味あるのね」

「自然が好きだから…それに青山高原にも登りたいんや」

「私も…」

「いつか一緒に登ろう」

舞い上がりながら、その弾みで、すんなり言葉が出た。

「ええ、きっと…」

麗子も近づいてきた。

「お二人さん何ゴソゴソ話してるの？　愛の語らいでも？」

「嫌やわ…ここからの風景のことよ」

「なーんだ」

「今日は二人でピアノの練習？　家にもあるのに？」

「今日はお母ちゃんの日直、麗子ちゃんを誘って付いて来たの」

「中さんに会えるかも知れないしね」

　麗子はからかうように言った。

「まあ、麗子ちゃん」由布子は優しく睨んだ。

「由布子ちゃんね、中さんのこと、よく話すんよ」

　由布子以上に晶彦は赤くなって、ますます高揚した。晶彦は何か話題を見つけようと由布子に問うた。

「あの、先ほどの、あれ、何という曲？」

「ああ、あれね、ショパンの曲でノクターンのうちの一つなの」

〔ショパンは一九世紀、ポーランドの作曲家でピアニストである〕

「道理でノックダウン（knockdown）されそうになった」

「ええ、ノックダウン？　ふふふ…」由布子と麗子は笑った。

「中さんの洒落、久しぶりに聞いたわ」麗子が言った。

「でも何故？　ノックダウンされるの？」由布子が問うた。

「ハートが共鳴するというか、ノックダウンされるというか、何というか、引き込まれるし、柔らかい音も心地良かった…綺麗な、ともかく良い曲や」

「ね、良い曲でしょう、私も好きなの…気に入った？」

「うん、多分、演奏者が良かったからやろ…上手いもんや」

「まあ！　中さんでもお世辞言うの？」

「お世辞じゃない」

「ありがとう。でも、まだ練習中なの」

「ノックダウンじゃない、ノクターンって、どういう意味？」

「私もよく分からないけれど、当時のロマン派が作曲した夜を思わせる情緒的というか、瞑想的というか、そんな雰囲気を持った楽曲の表題で、主にピアノ曲に用いられているらしいの。日本では夜想曲と訳されているわ。でも、ノクターンと言えばショパンと言われるぐらい、ショパンの代名詞になっているんよ」

「ふーん、でも、曲名聞いても忘れてしまうかも知れないなー」

「何故？　浪曲覚えてるくせに…」

「エヘヘ…でも、今日のは忘れないやろ。ハートに焼きついた。それにノックダウンと似てるしな」

「ノックダウンねーふふふ、もっと上手になったら、また聴いてもらうわ」

「ああ、ぜひ…でも、楽器を演奏できることは素晴らしいことやな」

「音楽、少しは興味持ったみたいね？」

「どうだか…」

君の影響で、と言いたかったが、素直に言葉が出なかった。

「中さんもピアノのレッスンしてみない？　私と…」

「ええ、僕がピアノ？…僕は駄目や」

彼女に教えてもらいたいくせに、また心とは違う言葉が出た。しかし目は喜んでいる。

「ピアノ、楽しいのに…」

足元は、人の往来で踏み固まっているところ以外、夏草で生い茂っていて、歩く度、足をくすぐっている。

川原に着いて、由布子が言った。

「中さん…机の下に、水を入れたバケツを置いて、足を入れていると言ってたでしょう。行儀の悪い人と思ったわ」

「そうさ、行儀悪いさ。育ちも悪いから、やっぱり橋の下の薦が似合うかもな」

笑いながら答えた。

「そんなことじゃないのよ…私も真似してみたのよ」

「えっ、君が…まさか…で、どうだった？」

「気持ち良かった…今じゃ毎日」

「なあんだ…僕と同類だ…上品なお嬢様なのに…」

「フフフ…由布子ちゃんはすぐ中さんの真似するんだから」

「他の人に言わないでね、恥ずかしいから」

「やっぱり恥ずかしい？」

「だって、女の子だもの」

橋の下の陰に入った。周囲の川原の砂が熱くなっているから、陰でも暑かった。晶彦は年中同じ学生帽子、黒のズボン、そして、夏は白の半袖シャツである。ズボンをまくり上げて川に入った。ゴム草履を履いているから手間は掛からない。由布子と麗子は大きな縁のついた女の子らしい白い帽子、白の半袖ブラウス、膝が隠れるほどのセーラー服のスカート、白の三つ折りソックス、運動靴である。

二人は川に入る準備をして、スカートを気にしながら晶彦に続いた。

「良い気持ち」麗子が言った。

「二人は全然泳がないの？」

「日に焼けるの嫌だもの」麗子が言った。

「綺麗な人は普段から心がけが違うんやな」

「私たちレディーだもん」由布子が言った。

「そうやな。日焼けしない方が綺麗で良い」

「中さん泳いだら？」由布子が勧めた。

「水着持っていないから…それに恥ずかしい」二人は含み笑いをしている。

「砂遊びをしようか？」

「幼稚園児みたい」二人が笑う。

「僕は学歴無いんや。幼稚園にも行っていない」二人は吹き出してしまった。

「メルヘンの世界に入るのも良いんじゃない？」

「中さんにそんな側面があるとは…想像もしなかったわ」由布子が言った。

「がっかりした？」

「うん」由布子は強調するように言った。

「ああ、また阿呆が出てしもうた」

「後悔してる？」

「大いに…」

大げさにしょげている晶彦の姿を見ながら由布子が言う。

「ふふふ…うそ、うそ、逆よ」

「ふー」

晶彦はまた大げさに大きくため息を吐いて、胸をなで下ろした。

「でも…浪曲と結びつかないのよね」

晶彦と由布子はお互いに顔を見て、笑みを浮かべた。

「もうー私もおるんよ」麗子はわざと妬いている素振りをした。

「実は女の子との遊び方や、何を話して良いか分からないんや」

「それで砂遊び？」由布子は笑って、

「私たちだって男の人とのこと、分からないのよ」

「良かった…同じで…周囲には知ってそうな者が沢山おるから…」

「何作る？」麗子が言った。

「そうね…お家造ろうよ」由布子が言った。

色々な形や色の石、木切れ、流れ着いた物を拾い集め、石を積んだり、木を適当な長さにして、刺したり、渡したり、砂を固めたり、三人が仲良く相談しながら進めている。そのうち乗って来て、はじめは気にしていた衣服の汚れも忘れ、夢中になった。

橋の陰も移動して、日光が当たり始めた。

「日に焼けるよ」晶彦が言った。二人は我に返った。

「皆んな結構幼児性持ってるじゃん」晶彦は言った。

お互いの姿を見て、三人は笑った。

「泥んこ」

「レディーが台無しだ」

「中さんが悪いのよ。でも楽しかったわ」と麗子が言う。

「硬い石、脆い石、キラキラ光る石、色んな色や形、一つの岩石にも沢山の物質を含んでいる…それに、捨てられて流れ着いた物、こんなに色々な物があるとは思わなかったわ」

と由布子が言った。

「触って見ると実感が湧くやろ…中には人骨も…」

「嫌っ、脅かさないで。でも、晶彦さんは何でも実感で見てるんだ」

由布子が晶彦を見た。晶彦は笑みを返した。

「以前石の矢尻、拾ったことあるんや。この辺り古代人が住んでいたらしい。三人のうちの誰かの御先祖様がいたかも知れないぞ」

「ふーん、そうかもね」

「これって、もしかして二人のお家じゃない？　私に手伝わせて」

麗子は突然絡むように言った。

晶彦と由布子は見合って赤くなった。晶彦は正常ではなくなった。

「三、三人で住めば良い」

晶彦は「僕たちはそんな」と言うつもりが、とんでもないことが口から出てしまった。

「お嫁さん二人にするつもり?」

由布子も思いがけないことを言って、つい絡んでしまった。

「えらいこと言うてしもうた…二人の前だと脳がとろけて正常ではなくなる…」

「私に気を遣い三人なんて言うから…三角関係になっちゃうんよ…それに…二人の前だとだって…本当は由布子ちゃんの前だからでしょう?」

「二人して僕に絡んでない?…イジメるんじゃないよ…心臓が持たないから」

二人は晶彦を見て、クスクス笑っている。

「でも、良いお家が出来たわね」二人は言った。

「うん。良い作品や。でも残らないね」

「水が増えても、風が吹いても、消えちゃうものね」麗子が言った。

「砂上の楼閣って言うしね。いや、少し違うかな…家も砂だもんな」

「でも、良い思い出が残りそう」由布子が言った。

三人とも同じ思いである。女子二人は汚れを落とそうと、ハンカチを取り出した。

「それじゃ駄目や。これ使ったら…」

晶彦は腰に下げていたタオルを渡した。彼女たちが汚れを落としている間、晶彦は円形の平らな石を見つけては川面めがけ、サイドスローで投げている。石は水面で何度かバウンドして沈んだ。水切り遊びである。そして、橋の日陰で、三人は大きな石に腰を下ろした。

「喉が渇いたわ、何か飲みたいな。…気になっていたんやけど、その腰の瓢箪、何入っているの？」

由布子が言った。

「えへへ…南蛮渡来の惚れ薬」

晶彦は映画で見た時代劇の台詞を真似て言ってしまった。

「えっ、なんて言った？」

「これを飲んだ女の子は僕を好きになる」

「うそーっ、しょってる、冗談でしょう…」

二人の女子は吹き出して大笑いになった。

「いつ頃効いてくるの？」二人は冗談に乗ってきた。

「人によって違う。飲んでみる？　美味しいよ」

「うん」

由布子は喉が渇いて、何でも良いから、ともかく飲みたいのである。

「知らないよ」と言いながら、晶彦は由布子に渡した。

一口飲んで、「美味しい」と言う。二口三口飲んで麗子に渡した。

「私も飲んでいいの？　薬、効いたら責任取ってくれる？」

晶彦を意味ありげに見るふりをして、

「ホント、美味しい…飲んじゃったよー」

一呼吸して、「ああ、効いてきた」と由布子が言った。

「私も」と二人はわざと目を潤ませ、色目使いに晶彦を見つめる。

「二人に飲ませて、どうするつもり？」由布子が言った。

「そうよ、どうするつもり？」麗子も言った。

「また絡む」

「中さんが原因作ったんよ」由布子が言った。

「なぜ、こんなことになるんや…」

慌て困惑している晶彦を見て、二人は楽しんでいる。

「ねっ、でも、なぜ瓢箪なの？　ニックネームに合わせたの？　笑わせるため？」

由布子が問うた。

「瓢箪に液体を入れておくと、少しずつ染み出て蒸発する。そのとき気化熱を奪い、多少冷えるんや」

晶彦は瓢箪の中へ、粉末ジュースと冷たい井戸水を入れていたのである。

「ああ、それで冷たく美味しかったのね。中さんらしい理屈、色々考えるね。でも可笑しい…」

賢そうなことを言って、一応話は落ち着いた。

「粉末ジュースで、こんな目にあうとは思わなんだ…」

冗談のしっぺ返しを食らった格好になった。少し落ち着いたところで、

「この橋が出来るまでは、渡し船があったの、知ってる?」

「ここに?」二人が言った。

「うん」

「風流ね」麗子が言った。

「映画のシーンを思い出しているのだろうけれど、そんなものじゃない。増水したら渡れないし、橋が架かって便利になった」

「でも中さん乗ったことあるの?」由布子は問うた。

「いつだったか忘れたけれど、数回」

「ふーん」

晶彦は指を差しながら、

「あの岩の崖岸の所に船頭さんの家があったんや」

「あんな危険な所に？」麗子が言った。

「うん。台風や洪水の時は恐ろしかったやろな。伊勢湾台風の時は、完全にあそこ以上の水位はあった」

「船頭さんたちどうしたの？」麗子が聞いた。

「その頃はいなかったと思う。この橋が出来ていたもんな」

「僅かな間でも変わるんやね」麗子が言った。

「この橋が流れないか心配したって、いつか教室で話していたね？」

「うん、凄かった」

「やっぱり男子やな、見に来るんだもの」

相変わらず至る所から聞こえる蝉時雨を浴びながら、晶彦は遠くを眺め、考えるように話し始めた。

「昔な、昔と言っても中世、戦国時代のことなんだけれど、この雲出川の上流に多気御所や霧山城があってな、優雅な京文化や武勇でも栄えたらしい」

「もしかして、北畠氏のこと」由布子が言った。

「うん、そうや、知ってるんか？」

「ううん、北畠ということだけ」

「北畠では館を御所と呼んでいた。その御所にお姫様がいて、可愛がられて育った。そのうち織田信長軍が侵攻して来て、やむを得ず信長の次男と政略結婚をしなければならなくなった」

「お姫様の名前は？」麗子が問うた。

「雪姫」

「綺麗だったんでしょうね？」

「伝説とはそういうものや」

「で、どうなったの？」

「自分を犠牲にして嫁いでいった」

「歳は？」

「十四歳ぐらい」

「かわいそうに」

「大名の娘として、当時では宿命やな」

「女は悲しいのね」

「うん。でも、男だって人質になることも多かった。もし長男なら、むしろ人質としての価値は大きかったかも知れない。このケースは信長の息子を婿として、この伊勢の国へ送り込み、雪姫をめあわせたが…婿入りは侵略の布石で、雪姫が人質であることには違いない。その後、謀略など、信長の本格的侵略によって、多気御所、霧山城は最後の大戦場となり、北畠氏は滅亡した」

「雪姫様は？」由布子が聞いた。

「一児はいたものの、嫁ぎ先で自害をした。二十歳頃らしい」

「辛かったでしょうね？」

「そういう悲しいことがあったんだよな…」

「それで？」

「一族や関係した人々が栄華を極めた時の情熱、滅亡の時の無念の情念が、この川には流れている。雪姫の自害は別の所だけれど、幸せだった頃の思い出はこの上流にある。彼女の情熱や情念もやっぱりここを流れていると思う」

「好きな、素敵な男性もいたでしょうにね？」

「きっといたと思うな。思いが成就出来なかったばかりでなく、悔しく、悲しい最期だったから、それだけに、その思いは一層強かったと思う」

「その思いも、ここを流れていると言いたいのね」

「うん。そして今の世に、誰かになって生きているかも知れない。その相手の男性も…」

「凄い想像…ロマンチストかな？　中さんって」麗子が言った。

「うん、そうさ」

「まあ」

「でも、そう想像した方が楽しい」

「雪姫様って、お琴も弾いたんでしょうね？」

「気高く聡明な女性だったらしいから、何でも出来たと思うな」

「由布子ちゃんみたいね」

「まあ麗子ちゃんったら…」

「この雲出川って、そんな川なんや」

晶彦がこのようなことも考えていたなんて、由布子は意外だった。

「あの瀬、キラキラ輝いているやろ？」

「うん」由布子が答えた。

「あそこから、囁きが聞こえて来るんや」

「ホント？　古《いにしえ》からの声っていうところね」麗子は乗って来ている。

「ホラホラ、聞こえるやろ？」

「聞こえるような気分になってきたわ」麗子が言った。

「チョット乗り過ぎたかな」

「こらっ！　もうーっ、私たちを乗せておいて。川で頭、冷やしていらっしゃい！」

「でもな、その時、もし自分が雪姫の恋人だったら」

「だったら…興味あるわ…続きあるんでしょう？」

「うん」

「話して？」この話に由布子も乗っている。

「由布子ちゃん凄く興味あるみたい」

「私、お姫様らしい暮らしをしている夢、見たこと思い出したんだもの。何だか懐かしく思えて…　ね、続き話して？」

「何とかして姫を助けられないかと思うに違いない。命がけでも」

「お姫様も待っていると思うわ。好きな人に助けてもらったら、それ以上の幸せはないもの。で、助けられるの？」

「たぶん…」

「方法は？」

「一つとして、姫と恋ができる相手ならば、姫や御所様と呼ばれていた姫の父、具教《とものり》の近くにいて、信頼される存在だったと思う。具教自身稀代の剣豪で、具教から直伝の手ほどきを受けている間柄だったと考えられる。そして雪姫が織田方へ輿入れして数年後、雲行きが怪しくなったとき、万一の時の救出方法を考えたに違いない。その時、具教から雪姫のいる城の抜け道を聞き出す。城は大抵秘密の抜け道を用意しておくもので、輿入れした城は元々伊勢の国内にあって、北畠の城であるから容易に分かるはず。救出の時期になると、もう戦も大詰め。兵のほとんどが最後の決戦場の霧山城に集結し、雪姫のいる城は攻められる心配はないから手勢は少なく、空に近い状態と推察出来る。更に、もう雪姫の人質としての価値はなくなっているから、姫の周りに人は少ないと考えられる。

伊賀者を連れ、抜け道から進入し、勝手知ったる城内、密かに姫に近づく。見つかって邪魔する者があれば倒す。どんなに豪の者が出てきても勝てる武器を作っておく。実はもう考えてある。それでも万が一、自分が命を落とすことがあっても、姫のためなら本望だし…。しかし、こんな事態になるまでに、信長がこの伊勢の国へ侵攻する以前にまで遡って、戦略、戦術両面から、侵攻させないように策を練る。その一つには、ここ伊勢の国が強くなくてはならない。強ければ他国も伊勢の国の意向に一味同心する。そして盤石の包囲網を作って信長を動けなくする。そのためにも、常に各国の情報を把握し、通じておくことや。最新の戦装備の情報も収集し、古来のままでなく、勝てる戦い方を工夫し、準備して、強さを見せつけなければならない。信長が天下を狙っている以上、いっそのこと討っておけば良いが…そうすれば姫を人質（政略結婚）に出さなくて済む。でもな、これを実行するには重要な地位にいるか、その人の側近でなければ無理やな。それに…最後の霧山合戦にしても一矢報いる作戦も考えてある」

「そんなこと考えているの？…でも、中さん素敵」

目を輝かせて麗子が言った。先に「素敵」と言われてしまい、由布子は言葉が見つからない。

「ちょっとしたことから、こんな具合に色々な想像を展開するのも面白い」

「でも、難しそう」麗子が言った。

「だけど、当時は十歳にもなれば女性は輿入れしたし、男子は僕たちの歳で元服して初陣に出ているんや」

「理科のことは私も知っていたけど、そんなことも考えているなんて…私たち先生に言われた通り、真面目に味気なく覚えているのに、中さんは何だか楽しんでいるみたい。何でもユニークだし」

「そうかな…、考えることには分野なんか関係ないと思う。でも、ちょっとへそ曲がりかな」

「大いにへそ曲がりよ。でも、それだけ考えたら、自分のものになるし、知らぬ間に広く深く覚えているんじゃない？」

「そうなりたいと思っている」

「何だか歴史が身近になりそう…それにしても、今までの勉強方法が馬鹿らしく思えるわ」

「でも、僕みたいに度を超すと、試験の点数には結び付かないし、自分で作り変えた歴史は答案用紙には書けないから、入試等目先の役には立たないかも…御注意、御注意」

三人は笑った。

「だけど、習ったことでも、新しく古文書や遺跡が発見されて、歴史や考古学の定説が覆されることがあるし…それに歴史は時の権力者によって都合の良いように書き残されることも多いから…」

「そうよね…でも、あのお話、良い物語になりそう」

「実はこのことを材料にした物語を、もう考えているんだ。いつか書きたいと思っている。作文や手紙なんか一行だって書けないくせに、可笑しいよな」

「中さんなら書けるわよきっと。でも、中さんって、創造することが好きなのね」

「うん、楽しい」

「そういうの、ロマンって言うのかな?…私は駄目。ピアノだって楽譜通りに練習するだけだし」

「でも、演奏って、する人によってずいぶん違うな」

「そう。演奏者の心を表現したり、伝えたり出来ると言われているの。…でも、私なんか、まだまだ駄目」

「そんなことないよ…」

一呼吸おいて、

「そうだ、自分で作曲してみたら？」

「作曲を？　私が？」

「そう」

「なぜ？」

「理由はともかく、ショパンのように」

「彼は天才よ。私に出来るわけがないわ」

「彼だって、初めから名曲が出来たとは限らないし、彼に出来て牧村さんに出来ないわけがない」

「出来るかしら？」

「牧村さんならきっと出来る」

「中さんは色々自分で作るもんね。あの時の短歌だって」

「あの時の短歌って？」麗子が問うた。

「国語で短歌習った後、教室で…」

晶彦は照れて、

「いや…あれは…」

「とっても良かったわ」由布子はためらわず言った。

「私にも聞かせて？」

晶彦は戸惑いながら、少し考えて、

「めぐり逢いて　今に叶えん　古《いにしえ》の恋」と、詠んだ。

「あれっ？　あの時の歌とは…」由布子が首を傾げた。

「先ほどの話、雪姫様たちのことをそれなりに詠んでみたんや」

あの時のことをはぐらかすように言った。二人はまじまじと晶彦を見つめた。

「これでも迷ったんや。初め、〝今にリプレー〟と考えたけれど、〝今に叶えん〟にした方が良いと…深く、広く、強くなると思って…」

二人が黙ったまま見つめ、

「へそ曲がりの上に桁外れのロマンチスト」麗子が言った。

照れながら晶彦は、

「このままでも良いけど、後へ七、七付けても良い」

見つめていた由布子が、

「それ、私、考えてみる」

「うん」

由布子は周囲を見ながら考えている。

「えーっと…せみ…せみ…蝉より…熱い…熱い…燃える…炎《も》ゆる…つのる…思いを…で、どう?」

「できた…それなら恋を省いても良いな」

晶彦は喜んで弾んだ声で言った。そして合作を続けて詠んだ。

めぐり逢いて　今に叶えん　古《いにしえ》の
　　蝉より炎《も》ゆる　つのる思いを

「良い歌が出来た」

晶彦はこの展開に、そして、由布子との合作で詠めたことが嬉しくてたまらない。

「すごーい。良いなー、二人で詠んで」

麗子が羨ましそうな表情をした。そして、続けて言った。

「でも、このように詠むのだったら楽しそう」

「昔の人は歌で思いを伝えたり、これに似たような遊びもしてたんやな。何だか優雅で高尚そうな…」

「こんなの良いなあ…中さん、曲もこんな感じで作れば良い…そう言いたいんじゃない？」

「う、うん」照れながらうなずいた。

「何だか出来そうな気分になってきたわ」

「その調子」

「また乗せられちゃった…不思議な人…ともかく作ってみるわ」

「楽しみにしている。楽譜を見て弾くだけより、作曲家の視点で見れば、もっと多くのことが見えるだろうし、遙かに多くのことを考えると思う。だから、どのように演奏したら良いか分かるかも知れない。それに、少し意味は違うかも知れないが、今していることより上のレベルに挑戦したら、今していることも飛躍的に伸びるらしい。そして今の自分を上から見つめ直すことが出来るかも知れない」

二人はまた晶彦を見入った。眩しい視線に恥じらいながら、

「偉っそうなことばかり言って、ごめん」

「今の中さん別人みたい。でも、これが本当の中さんかな？　それともこんな一面も持っているっていうことかな？」

由布子が熱いまなざしで晶彦を見つめた。

「雲出川からの精霊が乗り移っているのかも…」晶彦がつぶやいた。

「ふふふ…まだ言っているの…で…どんな曲が良いかな？…」

「とりあえず、自分の心を表現したら？」

「そうするわ。今日は良い日になったわ。私の考えていた世界感が、根底からすっかり変わってしまいそう。目の前が広くなった気がするわ」

「それは困る。僕のせいで成績が落ちたら…君のお母さんに叱られる」

「心配ないわ。でも、私の作る曲なんて、きっと誰も聞いてくれないわね」

「僕が聞く…そして…忘れない…いつまでも…」

「本当に？…曲が出来たら…中さん…詞を付けてね？」

「それも困る。僕には才能無い」

「乗せておいて責任取りなさい」

「やっぱり、中さんと由布子ちゃんはピッタリね。私なんか入り込めないわ」

麗子はつまらなさそうな表情で言った。

「今の僕は普通じゃない。どうもオカシイ。やっぱり雲出川のせいや。それに暑いし」

頭を叩きながら言った。

「照れてる」麗子は笑った。

由布子は晶彦の心が嬉しかった。

この晶彦が、なぜ好きな科学のクラブに入らず、歴史クラブに入ったのか分かるような気がした。由布子は、これらの成り行きから晶彦に付いてクラブに入ったのだが、結局、歴史クラブは顧問の教師がぐうたらだったため、一度も機能はしなかった。それに、今までのことを考えてみると、やっぱり、この人はクラブで動くより、自分の世界を持っている。そして授業どころではなく、とんでもないことを考えているのかも知れないとも思った。

晶彦は普段の授業を真面目に聞いているが、教科書通りの中身の無い授業は面白くないと思っている。歴史にしても年代や出来事を覚えることは、表面だけで思考が伴わない。しかし、その時代を舞台にした小説は、その頃の庶民文化、生活に至るまで描写されている。戦のシーンでは心の動きや戦略戦術など、お互いの命を賭けた思考が入り、読者も考える。そのことが事実でなくても意味がある。教科書に書いてあること自体、事実でないかも知れないのだから…。

そして小説の中で興味を持った登場人物の小説を読む…更に興味を持ったことや人物について何かで見聞きすると、聞き耳を立てるようになる。ちょうど小さな一本の木が生えて、根や枝が増え、幹も大きく太く成長し、ますます根や枝が増える。このように雪達磨式に知識も増え、知らない間に少しずつでも歴史が自分のものとなる。しかし、知識を得るだけでは不十分で、例えば理科も先人の成果を覚えるだけでは意味がない。不思議だと思うことや疑問に対して、よく考え、自分で実験したり、証明や理論付けをする。その過程や結果を見てこそ、面白くもあり、納得が出来、考え方も身に付く。晶彦が自分で考えて作曲するよう由布子に勧めたのも同じことで、大切だと思っているからである。目前の入学試験には役立たないかも知れないが、これらのことは何かに付け、思考も深くなり、広い範囲にも応用できる。

人は生まれた時、頭は空っぽで何も出来ない。

教えられなくても無駄なことはせずに、ただ一生の間にすることを着実に行う昆虫等より人間は哀れだが、やがて膨大な知識や知恵を持つ人や、慈愛に満ち溢れている偉人になる者もいる。…頭の中は自由に色々な世界を体験したり、描くことができる…人類の歴史に比べ、人の一生は短い。しかし、生き方次第なのだ。

四、秋のダイアリー

二学期が始まって間もないある日、席替えがあった。

以前のメンバーが何となく後ろに集まっていた。晶彦のすぐ隣に由布子はいない。

間に一人入っている。隣に行きたくても、それは言えない。

そんなある日の休憩時間。教師が去った後、生徒たちは配られたばかりの模擬入試試験結果に目を通していた。夏休み中に受けたものである。模擬試験は県内の大学生がアルバイトを兼ねて毎年、何回か実施していた。この時期は就職、進学、進路に関係なく、ほぼ全ての生徒が受けている。

「何点だった？」

晶彦は由布子に聞いた。話しかけたかったのである。

「ハイッ」と言ってためらうことなく、由布子は配られたばかりの採点表を渡した。そして、すかさず、「中さんのも見せて？」と言った。

請われるまま、晶彦もためらわず渡した。普通、採点表など見せ合ったりしない。晶彦は思いがけない展開に、平常心ではなくなった。

お互いが採点表に目を通した。由布子は全科目に渡って良い。成績順位は一番と記載されている。晶彦は噂通り流石だと思った。

その時、周囲の視線が二人に集まっていた。女子たちは何か言いたげに薄笑いを浮かべて見ている。そのうち男子の一人が、「よっ、御両人」と言った。

それが発端となり、あちこちから男女とも冷やかし始めた。晶彦と由布子は顔を赤らめ、点数表を返して離れ、自分の席に戻った。そんなこともあって、二人の噂には拍車がかかった。

九月も中頃になって修学旅行が近づき、教室ではその話題も多くなった。まだ見ぬ土地への憧れ、そして、その期間だけでも授業から解放される。これが大方の心情である。

当日の早朝、各地区毎に分かれて、それぞれが集合予定の駅に何らかの乗り物で向かう。晶彦たちの地区は中学校の近くに集まって、手配されたトラックの荷台に乗った。地区は違うのに、何故かその中に由布子の姿があった。

思いがけないことに晶彦の心は弾んだ。しかし、弾んだのはこのトラックの間だけで、駅に着いてからは男女に分けられ、電車、バス、宿さえも別々で、オマケに白山中学校の全校舎から多くの人数が集まったため、最後まで由布子の顔を見ることは出来なかった。

せっかくの名所、十国峠、鎌倉、富士五湖、箱根、横浜港、国会議事堂、そして皇居前のアベックたちについて、バスガイドの気を引くアナウンス…今の晶彦には由布子が見えないと、どのような景色を見ても味気ないのである。〈これなら、教室の授業のが良い〉と晶彦は思った。

木々は紅葉し、家では米の収穫の時期に入った。晶彦も手伝いで忙しい。

そんな中、晶彦は在所の所有する山に入ることも多い。茸採りや山に自生する長芋（山芋、自然薯）掘りである。この芋掘りは晶彦に楽しみがある。平らな所は掘りにくいが、斜面は掘りやすい。縦長に掘ってゆくが、岩などに突き当たることも度々で、手こずった末、芋を傷めないように岩を除けると、岩の隙間に思いがけない形になって存在する。掘る度に異なるから面白い。

長芋は色々な食べ方がある。中でも芋汁は家族皆が好む栄養源でもある。芋汁は晶彦も作る。作り方は表皮を剥いた芋をすり鉢ですり下ろし、更に、母が用意した下地を少し入れては、また、すりこぎで混ぜ合わせ、きめ細かくすってゆく。結構時間と力が要る。

晶彦は座して背中を柱にもたせかけ、両足の間にすり鉢を抱え込むように挟み、すりこぎを回す。晶彦独特の妙な格好である。従妹や近所の人が見たら、勝手なことを言い、笑って冷やかす。ともあれ、山の粘土質の肥えた土壌で育った長芋は、粘りも強く旨い。労するだけのことはあると思う。

毎年この時期になると、晶彦は独特の雰囲気を感じる。

山里の秋の夕暮れは陽が落ちてゆくのが早く、沈むと急に冷気が辺りを包み、冷ややかに感じる。一年の終わりのようなもの悲しい気分になる。今年は特にその感傷が強い。その中にあって、最大のイベントは運動会である。晶彦もその準備の一端を担う。本部のテント張り、テーブル、椅子、救急箱、砂場の砂の準備、トラックの白線引き…中でも小学校の時から引き続き放送設備を任されることが多い。準備が完了した頃には、冷気が包み気分は一層引き締まる。

当日、割り当てられた役目をしながら、各競技に出る。百メートル競走出場者を集め、控えている時、

「あの子良いやろ」

こちらを見ている女子を見ながら、晶彦の耳元で大柄な男子が小声で言った。彼とは普段一緒にスポーツをしたり、話はしているが、一度も同じクラスになったことはない。しかし好感が持てる一人である。

「可愛い子やな、好きなんか？」

「ああ」

ためらいや、恥じることなく言った。晶彦はニタッとして彼の顔を見た。

「ごっつう頭良いんや。だから、誰も近づかんのや」

「ふーん」

「でも、あの子、おまえが好きらしい」

突然突拍子もないことを言った。

「うん？　まさか、冗談やろ。俺、彼女とは話すらしたことはないし、名も知らない」

「冗談やないんや、小田真理子ちゅうんや」真面目に言った。

「ふーん、でも、何で俺にそのこと言うんや？　黙っていた方がおまえのためにも良いと思うけど」

「ハッキリしておきたいんや」

「おまえらしいな」

「あの子も、おまえと牧村の噂は知っているくせにな…おまえ、あんなタイプに好かれるな」

彼女は一級下で、二年生の中頃から晶彦の視界に目立ち始め、視線も感じるようになっていた。

「頑張れよ」晶彦は言った。

「ああ」

順番が回ってきて晶彦は懸命に走ったが、彼にはあっさり負けてしまった。彼女の視線の中、彼はずば抜けて速かった。

男女共学とはいえ、何かにつけて男子と女子は別行動が多い。同じ行動は普段の授業とフォークダンスぐらいなもので、大抵は別行動である。誰もがフォークダンスは恥じらい、ためらいながらも楽しい種目である。フォークダンスの曲目はオクラホマミキサーで、相手が順番に入れ替わってゆく。各自好意を持っている異性との順番が回って来るのを、胸をときめかせて待っている。

晶彦は麗子と組んだ時、彼女の手が小刻みに震えていた。麗子の全身の震えが手から伝わって来るようにさえ感じた。晶彦は不思議に思った。そして何人か経て、待ちに待った由布子と組めると思って緊張した。その刹那レコードが終わった。残念そうな顔をした二人の目が合った。いつも、次組めると思う寸前で終わる。「何故なんや」無念の思いが走った。

フォークダンス
　つなぐ柔い手
　　震えてる

〔オクラホマミキサー（Oklahoma Mixer）とは、アメリカ合衆国オクラホマ州で生まれたフォークダンス専用の音楽で、民謡でもある。ダンスでは男子が後ろから、女子の右肩の上と左腰の辺りで手をつなぐ。〕

晶彦の通う校舎の運動会が終わって一週間ほど経ち、白山中学全校舎の合同運動会が他の校舎で行われた。普段交流がなく、知らない者同士、修学旅行や運動会を合同でする体裁だけの行動に、皆無意味さを感じていた。晶彦は自校舎で自から百メートル走に出て、合同運動会では二百メートル走に出された。スタート後、直線を必死に走った。

今までいなかった由布子が、正面の小高い所に一人立って応援している姿が見えた。渾身の力をふりしぼって、遮二無二走った。しかし二百メートルは走ったことがない。カーブに入り百メートルを過ぎた頃から大きく遅れ出し、足が動かなくなって、ゴール手前で倒れてしまった。せっかく応援してくれているのに由布子の前でブザマな格好になった。

中学校で晶彦は、岸本や竹輪、それに恵比須さんとは同じクラスになったことがない。しかし仲の良い友人であることには変わりはない。竹輪とは時折、山や川に行く。岸本やサダちゃん、それに学校の近くの仲間とはお互いの家を訪ねたり、スポーツなど同じに行動することも多い。

恵比須さんと二人で下校途中、彼に言われた。

「中は良いな」

「どうして？」

「彼女と心が通じていて」

「そんなことないよ」

「もう皆知っている」

「ふーん」

「僕も中たちのようだったらな」

「おっ、お目当ては誰かな？」戯けながら言った。

「知ってるくせに」

「ゴメン、ゴメン」

「それで彼女、おまえの気持ち知っているのか？」

「言えないんや。うすうす気づいていると思うけど」

「しのぶれど…ということやな」

「うん、中君はどうして伝えたんや」

「お互い伝えていない。近くにいたから、ちょっとした行動から自然とそんな感じになってるみたいや。彼女はどうか知らないけれど、俺は家族にも友にも誰にも喋っていない。今、初めてや。でも、なぜか周囲が騒ぐようになったんや。もしかして、今、俺たちが話してるように、彼女も誰かに話して、それが広がったのなら嬉しいんやが

「……」川原で麗子が冷やかした言葉を、ふと思い出しながら言った。

「近くにいても、お互いその素振りがなければ、それに片思いで、お互いが好きでなければ周囲も騒がないよ。中たち二人は、クラスの違う僕が見ても羨ましい。自然な感じがする」

「それなら嬉しいが……でも、俺だって自分の口からハッキリ伝えたいけど、出来ないんや。おまえと一緒や」

「切ないな」

「あまり勇気はないけど、伝えてやろうか？　他人のことなら出来るかも知れない」

「いいよ……何とかなるやろ……ああ、心の支えが欲しいな……」

卒業による別れ、そして受験という特殊な雰囲気の中で恵比須さんもまた心を痛めていた。


一つ年下に従妹がいて、名を満智子という。よく家に来て、晶彦のする家の手伝い、例えば風呂桶への水運び、風呂の沸かし等手伝っている。川から汲み上げたバケツを持って階段を上がり、体の両側へ下げて、二十メートルほどを何度も往復するきつい作業である。

〔つるべから手動ポンプに換わったものの、井戸水が少なく、灌漑を兼ねた生活用水

用の小さな川の水を使用しているのである。〕

今は就職して、この町にはいないが、晶彦より一歳上で満智子の姉、里子がいる。満智子と同じようによく家に来ていた。

小学校低学年頃までは、川魚を捕って煮炊きしたり、茸やシジミを採って来ては味噌汁へ入れたり、御飯に炊き込んで一緒に食べたりした。他には、季節によって山に自生する栗、木いちご、野いちご、いたどりも採った。いたどりは生のまま表皮をむき、噛んで液を飲む。

野いちご、ぐみ、梅桃《ゆすらうめ》など小さな果実は、自分たちで麦藁を編んで作った小さなかごに入れたりしてほおばった。実るのを待った柿も、色づきの進行に目を付けておいた一個をもいでは分けて食べる。そして椿や大きめの花の萼をはずして蜜を吸ったりした。

晶彦は近所の仲間たちともよく遊んだが、とりわけ彼女たちとは姉弟、兄妹のように仲が良く、お互いの家や川、野山で遊んだ。

『もみじ』（高野辰之作詞、岡野貞一作曲の唱歌）のコーラスをよく耳にするようになった休日の午後。

「ね、椎の実拾いに行こう?」ねだるように満智子は晶彦を促した。

「うん」

早速出かけた。何の用意も要らない。椎の実を入れる袋を持てば良い。近くの鎮守の森で拾うのである。椎の実は小豆ほどの大きさで、形は弾丸に似ていて色は黒く、薄い割にはやや硬い殻に覆われている。家に持ち帰って炒ったり、生のままで中の白い果肉を食べる。

「私、来て、お勉強の邪魔してない？」歩きながら言った。

進学するものと決め込み、受験を気遣っている。

「うん、大丈夫」

「そう言えば、神妙にお勉強しているところ見たことないね」

「してるよ、満智ちゃんのいない時に」

「どうだか？　お手伝いや、何か作っていたり、ソフトボールや卓球しているところよく見るもんね」

「だから、結構忙しい」

「変な忙しさ。…でも、晶ちゃんは心配ないね」

「そんなことないさ」

満智子は晶彦の顔を見て微笑んでいる。

「僕のことより、満智ちゃんどうなんや。手伝ってくれるのは助かるけど…」

「私は良いのよ」

力なげに言った。そして、

「でも、晶ちゃんはお勉強しなきゃ駄目！」

満智子は晶彦の将来を考えて、力強く言ったのである。そのことに晶彦は気付いていない。

「ハイハイ。でも、満智ちゃんもしなきゃあかん」

「ハイハイ」

顔を見合わせて笑った。

「僕の家に女の子が来てるって、クラスの女の子にからかわれた」

満智子は楽しそうに笑った。晶彦がからかわれている様子を想像して可笑しいのである。

「同じクラスの女の子と晶ちゃんの噂、私も聞いてる」

満智子は少し表情を変えて言った。晶彦は言葉が出ない。そして、学年の違う満智子にも噂が流れていることに驚いた。

「私の周囲にもね、晶ちゃんのこと、良いわって言っている女の子が何人かいるんよ。私がうらやましいって…晶ちゃんのこと色々聞くんよ」

「うそや」

「うふふ…照れてる」

「僕のことより、満智ちゃん、好きな男子いるんやろ？」

晶彦の顔をちらっと見て微笑んだ。坂道に差し掛かる。

「この頃、水車、回ってないね」

「うん、農協が精米をするようになってから利用する人が無くなったみたいや」農協では電力式精米機を使っている。まだ足踏み式米付きをしている家庭もあった。

「寂しいね」

「この回転をベルトで伝えて米をつく様子なんか、面白かった」

「晶ちゃん、工作好きやもんね」

晶彦が小学校低学年の頃、世間より遅れたものの、台所に一灯だった電灯も主要な部屋に引き込まれ、多かった停電も最近は少なくなってきた。それまでは、ろうそく、灯油ランプ、カーバイト・ランプ、焚き火などを明かりとしていた。煮炊きは薪である。山で薪を集めては運んだり、家では鋸、斧、鉈で薪作りをするのが晶彦たち子供の重要な手伝いの一つである。

電気が便利になったことから、晶彦の家にも中古の三球ラジオ（真空管が三本）が近所から譲られた。性能や電波状態が悪いこともあって、雑音が多く聞きづらい。それでも娯楽や情報源としての役目は大きい。そのような中、真空管が切れるなどの故障も多く、晶彦は捨てられたラジオを拾ってきては部品を集めて修理に使ったり、新たに組み替えたりもした。いずれにしても燃料、電気、明かり代の節約は絶対的で、多少夜なべはあっても、早寝早起きの太陽に合わせた生活が続いている。

そしてこの頃、発動機（四サイクル内燃機関、エンジン）付きの耕耘機が出回った。それまでは牛に牽かす「からすき」や、人が「くわ」など使って耕していたが、このところ牛も見かけなくなってきた。加えて農協が安価な農具を販売するようになったこともあり、修理する鍛冶屋の仕事も減った。

地域によっては共同で耕耘機を購入し、水田を耕すようになった。晶彦の父哲男もその一人で、耕耘機購入費用や日当を稼ぐため、他地区の耕耘の注文も受けた。水田の作業は短期に集中することもあって、昼夜通しての作業である。エンジンの音も止まることがない。脱穀（稲から米を取る作業）も発動機を使うようになってきたが、晶彦の家はまだ足踏を動力にする機械のままである。

農村には耕耘から精米までの機械、縄をなう機械、発動機の故障時や分解掃除の時、様子を見るなど、晶彦の周りにも、目で見て仕組みが分かる単純な農機具などが多くある。そして、ゼンマイばねを巻く機械式柱時計がよく止まったり、時刻が狂うことから、分解組み立てなどもする。こんなことから、電気や機械などに興味を持ったのか、根っから好きなのか、自分で考えては色々な物を作ってきた。そんな晶彦を見ているから、満智子が晶彦に工作好きやと言ったのである。

「農協が精米するようになって、農協の裏で良いミミズが捕れるようになった」

腐った米ぬかに生息しやすいのである。

「晶ちゃんらしい、でも、よく見つけたね」

「臭いや」

「犬みたい」

「戌年生まれや」

満智子はクスクス笑った。

「で、よく釣れるの？」

「うん、魚のいるところでは」

二人はまた笑った。

そして満智子は思い出すように笑いながら、

「手術の当日も、病院へ出かける直前まで、釣りに行ってたんやね。当分出来なくなるからと言って」

「ああ、そうだったかな」

晶彦の表情に、満智子は悪戯っぽい目で笑っている。

「母ちゃんに聞いたんやな」

「うん。伯母さんがあきれてたもの、晶ちゃんの釣り好き」

「手術のことは内緒だったのに」

「私たちにまで内緒にしなくても良かったのに、こっそり行って」

「でも、手術の内容が…」

晶彦は生まれつき陰嚢へ脱腸していた。苦しんでいても、そのことは遊び仲間にさえ言えずにいた。小学校五年生の夏休みに入院し、根治術をした時のことである。

「恥ずかしかったの？　恥ずかしがることなんてないのに」

「だって、うら恥ずかしい年頃だもの」

晶彦は悪戯っぽく、少女を真似て言った。

「あらあら、可愛いこと」

「手術のこと、いつから知っているの？」

「ずーっと後になって、晶ちゃんの釣り好きの話題から。でも、あの時は大阪の親戚へ行ってるって聞かされていたわ。一週間もいないんだもの」

当時、親が言わなかったのは、近所などからの見舞いに気を遣ったのである。

坂を下り終え、八対野川に架かる橋を渡って桜並木に差しかかった。道の両側にある桜は神社の森まで続く。

「春なら美しいのにな」

「春また来ようね」晶彦の顔を見ながら満智子が言った。

鳥居をくぐって鎮守の森に入り、少し歩んだ時、

「あっ、リス」と晶彦が叫んだ。

「えっ？　どこ？」

「すばしっこいな」

一瞬の出来事で、他の木に飛び移ったのか、登った木の上方を見ても、もう姿はなかった。

「やはり、尻尾が大きかったな」

「よく見るの？」

「初めてや。こんな所にもおるんやな」

「私たちと同じように、椎の実拾って食べてたんやわ」

「邪魔したんやな、悪いことした」

二人は更に斜面を上がり、社裏の斜面で拾うことにした。

この森は常緑樹が多く、木の上部はうっそうと生い茂り、昼間でも薄暗い。神様の棲み家という印象が強い。

「夕方、梟《ふくろう》の声が聞こえてくるが、まだ姿を見たことがない。この森には色々の生物がおるのかも知れないな」

「そうね」

「恐ろしい、森の精も……」

「怖いこと言わないで」

「ホラ、あそこに」

「キャーッ」晶彦の方へ走り寄った。

「ハハハ、満智ちゃんも怖がるんや」

「もうー嫌い」

「僕も夜だったら、一人で来られないな」

この森の椎の幹は太く、丈も結構ある。他の木の落ち葉とともに地上に落ちている実を拾うのである。


体育の教師が粋な計らいをした。三年生三クラス対抗のソフトボール試合である。晶彦のクラスは、荒くれが多く一見バラバラでも、こんな時はまとまる。軟式野球部員がリーダーとなって、メンバーを決めた。

「ソフトボール応援に来いよ」

「寒いから嫌」

「チェッ、冷たいな」

男子と女子がどこかで話している。

当日、攻撃になって、一番バッターは暴れ者の切り込み隊長、通称暴れ馬、二番小技の辰巳、三番軟式野球部のカズ、四番同じく軟式野球部の圭一郎、本人は人気映画俳優赤城圭一郎の気分でいる…。

一イニング目は速球に押さえられ、三番まで凡打。二イニング目、四番圭一郎三振。五番中晶彦が打席に入り、言った。

「先生、ネット越えて職員室の窓ガラスを割ったら、ホームランですか？」

主審をしていた教師はホラを吹いているというような顔をして、ニコニコしているだけである。一球見送った後二球目、インコースに入ってきた速球を引きつけて、思いっきり振り切った。

瞬間、投手は「アッ」と声を出してボールの行方を見た。真っ芯に当たった。晶彦本人は腰の回転、リストが利いた会心の当たりで、白球はレフトの野手頭上へ勢いよく飛んだ。野手は動かない。ボールは小さく見えて、窓ガラス用防護ネットを越え、しかも僅かな隙間に消えた。

「ガシャン」とガラスの割れる音がした。職員室のガラスを直撃したのである。予言した通りになった。

「あちゃー、本当にやりゃがった」教師は笑った。

彼は小学校の時、二回担任だった教師で、授業以外でも、当直日の夕方には、何度か晶彦たち近所の者と川釣りに行ったりするような心知れた間柄である。そして一年前、体育教師として中学校へ転任していた。小学校の頃は、教師と生徒の垣根の無い素朴な雰囲気があった。三年になった今でも、晶彦は他校の卒業生を伴って母校の小学校を訪れ、講堂を借りては卓球をしたり、グラウンドで近所の仲間とソフトボール等している。

「先生、ホームランか？」

ウーンと考えた末、「二塁打」と言った。まだ大きい当たりが出ると判断したのである。

「こんなまぐれもあるものや」

一番驚いたのは晶彦自身であった。つい最近、軟式野球で図書室のガラスを割ったばかりで、〈このところよく飛ぶ〉と、晶彦自身、自分のパワーを不思議に思った。

「走らなくて良いように帰してや」

晶彦は二塁ベース上で、次打者バッターボックスの定ちゃんに声をかけた。

「ようし」

サダちゃんの一振りは、ネットどころか校舎を越えた特大の当たりになった。晶彦は確実性が高いが、サダちゃんのようにパワーが無い。サダちゃんは体格が良い上、当たりが良かっただけに、良く飛んだ。この二人の打撃が口火になって打ちまくり、試合は圧勝した。

数日間、放課後に毎日試合を行い、晶彦たちは優勝した。寒くなっていたため、残念ながら女子の応援は無かったが、男子生徒には良い思い出が出来た。


教師の急な休みの時には、教室で自習をさせられる。その都度、晶彦は職員室へ交渉に行き、ソフトボールの許可を得る。

「このクラスの男子生徒が静かに自習するはずがありません。外で暴れた方が次の授業のためにも良いです」

教師はいつものことと笑っている。教室に戻り「許可出たぞ!」と伝えると、「おう!」と言って、自習したい者を残し、男子は外に出る。

鍛えても自分の肩が強くならないと思っている晶彦は、野球やソフトボールでの投球時、上向きに回転させ、その弱さを補っている。卓球や野球の経験で、球の回転がその進行変化に大きく影響することから自分なりに覚えたのだ。スポーツも工夫で補えることを実感していた。

ある日の教室、由布子と目が合って、思い出したかのように晶彦は言った。

「お姉さんとよく似ているな」

「知ってるの?」

「一年生の時、見ている」

「よく覚えているね」

「綺麗で、よく目立ったから…」

二つ上の姉も由布子に負けず劣らず美人である。

「ありがとう、お姉ちゃんに言っとくわ。…きっと喜ぶわ」

言い終わって、ハッと気付いた。

「あらっ、私…」由布子は赤くなった。

自分の言ったことに気付いた晶彦も赤くなった。

五、進路

ある日のこと、担任の教師が理科の試験用紙を配った。そして晶彦の側に来て、

「出来てからで良いから、職員室へ来てくれないか」

そう言って教室を出ていった。

晶彦の担任は三年間同じ教師で、お互い知り尽くしている。晶彦は急いで答案を書

き上げ、職員室に向かった。晶彦が教室を出ていった後、

「カズさん…中さんの答案用紙、こちらへ回して?」

「よっしゃ、俺、写してから」

カズは写して、由布子に回した。由布子が目を通していると、「私も」と周囲から次々手が伸びて、順番に渡っていった。


一方、晶彦は職員室に入った。「図書室へ行こう」と言って、教師は席を立った。晶彦は従った。図書室には誰もいない。教師が促し、二人は席に着いた。

「進学にして、高校は普通科にしないか。そして、理工系の大学へ進み、教師をしながら、誰にも縛られないで自由に研究をしたらどうや。それが君に似合っているように思う」

と、教師が切り出した。少し沈黙が続いて、

「僕もそうしたいです。大学院まで行きたいです。でも…」

「やっぱり、無理か…大学院は別としても…私が教師をしながらと言ったのは、比較的時間が取れるし、その気になれば研究もしやすい環境にあるということや。世に出て、自由な研究で食べていくのは難しい。大学に残っても自由ではないし、収入も保証されない。国や企業の研究所は君が考えているような研究は出来ない…」

また沈黙が続いて、

「よく行けて高校までです。就職が有利な工業高校に…」

「そうか…残念やが仕方ないか。…今日のこと、御両親に話してみなさい。懇談会で、私からも話してみるから…」

「ハイ」

今度の卒業生もまだ就職する者の方が多い。晶彦も親の苦労を考えると就職、将来を考えると進学。補習授業はこのところ就職コースに入っていた。大学など、とんでもないことで、親には話せないと思った。由布子のいる楽しい学校生活の裏で一人悩んでいたのである。

そういえば、かつて同じことを言われたのを思い出す。小学校卒業の時、晶彦は飛び抜けて優秀と言える成績ではなかったにもかかわらず、まだ中学校、高等学校があるというのに「理工系大学へ進め」と教師に言われている。そして、当たり前のように、いつも賞をもらっていた図工関係でなく、将来への嘱望をも含め、理科研究について特別賞をもらっている。これは異例のことらしく、一番驚いたのは本人であった…。

図書室を出て、「大学か…」と、ため息とともに力ない声が出た。晶彦は教室に戻った。

「あれ…無い…答案用紙」晶彦がそう言うと、皆笑って、

「もう少し待って…」と、どこかで誰かが言った。あちこちで笑い声が出た。少し経って答案用紙が戻ってきた。教師が入って来て、何事も無かったように答案用紙を集めた。

晶彦たちは昭和二十一年、終戦（一九四五年八月）の翌年に生まれた。国土が荒廃し、終戦の雰囲気もそのままである。それに敗戦濃厚となった一九四四年十二月七日に東南海地震があり、一九四六年十二月二十一日には南海地震が起きた。この相次ぐ大地震に追い撃ちをかけるような昭和二十年の凶作、そのような中、外地からの引揚げ者も多く、異常な食糧不足で、昭和二十一年には多くの餓死者が出た。震災、凶作、戦災で困窮し、世の中は混乱していた。このように晶彦誕生の頃は、日本が大変な時でもあった。

自分の土地が無い小作の家が多く、晶彦の家も小作だった。物心付いた時には、戦後の農地改革でやっと僅かな土地を手に入れていた。土地と言っても、山中の沼田や氾濫する川沿いの水田が多い。山中への道は、凹凸が大きく、粘土質でよく滑る。そして曲がった急坂の横は池の所もある。その危険な場所を農機具、収穫した米、時には薪等を積んで運搬しなければならない。まかり間違えば、荷車もろとも池に転落す

る命がけの道である。

「うちは、こんなに不便で危険な所や。水害を受ける土地ばかりで苦労するなあ」

母が父に話しているのを、晶彦は聞いたことがある。

これらの作業を晶彦も手伝っていた。中でも沼田での作業は蛇、蝮、蛭、百足等も多い。そのような所に小さな藁小屋を建て、実りが近づいた頃から、父親の哲男は猪の被害を防ぐため夜番をしに行く。小屋の中から綱を引っ張って、カラン、カランと音を立てて追っ払うのである。燻しているとはいえ、蚊、蟻、色々な虫も襲来し、哲男を悩ませる。

「夜、そこにおることだけでも怖いのに、父ちゃんは一人でこんな恐ろしい所へよく来られるな。大人になっても僕に夜番は出来ない」

そう言って晶彦は感心していた。

農地改革があったとはいえ、貧富の差は大きい。その上、大人たちの間には、大地主と小作の関係が心の中に根強く残っていて、行動や態度にも表れてくる。田舎社会では、このことや家系等が家柄として全ての人の心を支配している。世間話の中で、あの家とあそこでは釣り合いが取れないとか、何かにつけ盟主を立てたり、発言までも世間体を気にしたりする。戦後、教育が変わったり、小作の頃を知らない晶彦からすれば、これらのことは腹立たしく、身分の上下関係に対して反骨精神さえ湧いていた。

晶彦の家は元々小作だったわけではない。祖父の代は大百姓で、その祖父が明治期に事業を興した。事業は生糸の製糸工場で、横浜港から輸出していた。祖父は、輸出出来ることや出船の汽笛の音が気に入って、横浜港に行く度、大層喜んでいたという。当時、横浜港近辺は外国人が多く、色々な国の異文化が混在する国際色豊かな場所で、国内のことはもちろん、世界中の最先端情報が見聞出来る数少ない所だった。三重の田舎に住む好奇心旺盛な祖父にとっては新鮮で、格好の場所だったのである。そして、これからの事業に結び付けたい、見つけたいと考えていたに違いない。

しかし、大不況の影響で倒産する羽目になり、財どころか家もなくなった。その後、祖父は病に倒れ床に就いた。そのため、家族で豆腐、油揚げ、和菓子などの商いを試みたが上手くゆかず、父は子供の頃から成人するまで、近くの大地主へ奉公に出ていた。それ故、父の大地主に対する態度は自然なことなのである。父は祖父と後妻の間に生まれたため、年齢差は大きく、早くから奉公に出なければならない不運もあった。そして祖父と晶彦に至っては曾孫ほど離れている。従って晶彦は、肖像画はあるものの実際の祖父を知らない。

家は農地改革の頃、お寺の住職の好意もあり、製糸工場の元従業員が生活していた建屋を、敷地とともに格安で買い戻したものである。従って、近所の家とは建て方がかなり異なっていた。

〔農地改革では地主の保有上限を決め、国が地主の土地を強制的に買収し、小作農に格安で売り渡された。そして不在地主の貸し付け農地は全て取り上げられた。これは一九四六年（昭和二十一年）公布された自作農地創設特別措置法、改正農地調整法にもとづき、一九四六年〜一九五〇年に実施された。〕

家族は、戦争の徴用から帰った父哲男、母トミエ、祖母マツ、そして晶彦の兄猛と姉幸恵である。収穫量が少ない上、家族が多いから、食料は慢性的に不足していて、嫁姑のこともあり、身重（晶彦が体内に）のトミエの口に入る分は乏しかった。自分は食べなくても、子供や家族に回したのである。そのことは、自己の体のみならず、体内の晶彦も大きく影響を受けた。

晶彦が生まれた時、産婆が驚いたと聞いている。

「まあ、痩せた子。骨に皮が被っているような、こんな赤子初めてや。育つやろうか？」

小学生になって、晶彦はある時、産婆から直接こんなことを言われた。

「良く育ったものやなあ…生命力の強い子や」

晶彦を見た産婆は感慨深そうに言っていた。生まれてからも母乳が出ず、叔母など、他人の母乳をもらったり、母乳や牛乳の代わりに、米の研ぎ汁を代用した。母子とも極度の栄養不足だったのである。

晶彦が生まれた数年後、トミエは床に就くことが多くなり、晶彦はこの頃から自分のことは自分でするように躾けられた。

そして、小学校へ入学して間もない頃、トミエは床から起き上がれなくなった。周囲の大人たちは、まだ小学校へ入学したばかりの晶彦には病状の重さを隠していた。しかし、トミエの様子、そして、トミエの実の親兄弟、それに、親戚の人々や親しい人々等が大勢集まって来ている。母の病状が異常であることは晶彦にも察しは付いていた。

「もう手遅れや。なぜ今まで放っておいた…」

誰もが見放している中、トミエの実の親兄弟たちが「ともかく病院に連れて行こう」と言って、入院することになった。

医師から「病院まで持たないかも知れない」とまで言われていることも、晶彦は知っていた。教室の前の道を、歩くほどにゆっくり走るタクシーが晶彦の目に入った。

近道になるため、校舎と運動場の間にある道路を通ったのである。この頃、この地方の道は舗装が無く、凹凸が激しいため、病人に負担を掛けないようにゆっくり走った。それに、この地方には、まだ救急車が無かったようだ。

晶彦の目に、タクシーの中で支えられ横たえている母の姿がはっきり映った。晶彦は一人、窓の内から人知れず見ていたのである。涙が止まらなかった。

〈母ちゃんが死ぬかも知れない。もういなくなるかも知れない〉

そう思うと七歳の心にも、今まで味わったことのない、何とも言えない悲しさが湧いていたのである。

その後、トミエは、輸血、リンゲル液、栄養剤などの点滴、そして病院食…長期入院の末、奇跡的に回復した。心臓もかなり弱っていたらしい。治療の中でも、休養や栄養補給の効果は大きく、結局、極度な栄養不足での過労が原因だったようだ。

昏睡状態の時、戦死したトミエの兄が、妹の辛い生活状態を見かねて何度も迎えに来たが、その都度、「まだ行けない、幼い子供がおるんや」そう叫んで、付いて行かなかったという。このことは、退院後、何年か経ってから、生死の境の状態が話題になった時、トミエが「母ちゃんも実際体験した、はっきり覚えている」と言って、自分の経験を話して分かったのである。

これを聞いて〈母は一番可愛がってくれた兄にも付いて行かなかったんや。もしあの時、母が死んでいたら、自分はどうなっていたか分からない〉晶彦はつくづくそう思った。それだけ母の愛情が深かったと言える。

トミエの入院費は中家にとっては多額だった。

しかし、その頃、ちょうど集落民が共有している山の木が売れ、その分け前が入り、それが充当された。

「せっかくのお金、父ちゃんも運がない人や」

トミエは晶彦にそう語ったことがある。


父哲男は明治、母トミエは大正生まれで、哲男は何とか高等小学校まで行っている。トミエは幼い頃から家族が多い家で、妹たちの子守、家事の手伝い、更に奉公に出て、ろくろく尋常小学校すら行っていない。それに当時、僅かな給金も親が取りに来て、自分で自由に使える分はない。親が促すまま、嫁ぐまで京都の糸問屋をはじめ、方々で奉公をしていた。そのような中、軍人の家で女中奉公をしていた時、「奥さんから女性の教養を教わったことが良かった」と常々感謝し、それが日々の生活で生かされていた。その軍人の奥さんは、かなり品格の備わった女性だったのではないか、晶彦はそう思っている。

中家に嫁いでからも、戦時中には、国から納付を強要された薪や木炭などを、村の長が貧富の差に関係なく均等に割り当てた。

哲男を徴用に取られ、男手も無く、老婆や子供を抱え、その上、中家には山もない。困った果て、お寺の住職に頼み込み、村所有の山から薪や木炭の調達を許され、同じ境遇の女性たちと協力し合って何とか間に合わせた。大黒柱を徴用されていても、侮られ、軽蔑されこそすれ、男手が残っていて、多くの山林や土地を持っている家からの手助けや資財の提供などは無い。国が一丸となっているはずの戦時下でも、この状況である。そして大阪や名古屋などの都会から親戚が食物の調達に来る。

自家で食べるものもない農家があるなどとは、都会人には分からない。農村ならあると期待している。トミエは何とか工面して渡す。そのことを村人からまた責められる。これらのことだけでも、トミエにとっては大変なことだったのである。生まれてからずっと苦労の連続である。親戚も含め近辺住民の晶彦に対する態度も似たようなもので、晶彦のこの地域に対する思い入れは薄い。

晶彦は幼い頃、鼻から二本のローソクを垂らして、衣服の袖でこすっていた。鼻汁は乾いて硬くなるため、鼻や鼻の周囲は赤く荒れる。また頭や手足に度々瘡《くさ》も出来た。体は貧弱で病気がち、そのため、学校を休んだり、体育の時間や山野で遊んでいる時など、度々気分が悪くなって休息しなければならず、仲間たちが元気に動き回っている姿を見つつ、弱い悔しさを味わっている。そして教師から親へは「栄養不足」だと伝えられることも何度かあった。

家の副食は野菜が主で、牛乳や肉類などは皆無に近い。卵は、数羽の鶏を飼っていた時でも、良くて一日に一、二個産む程度で、家族が満足出来るものではない。その鶏も、遠方からの客や、人が集まった時は肉にして振る舞ったり、夜中に盗まれることも度々あった。そんな状況の中、飯に味噌汁をかけ、漬け物で食べる日が多い。それでも味噌は自家製で晶彦は好んで食べた。

ちなみに、戦後、国内ではユニセフ（国連児童基金）を通じて、脱脂粉乳や小麦粉等の援助物資が支給された。昭和二十九年（一九五四年）に学校給食法が公布され、その年、小学校で、昭和三十一年（一九五六年）には中学校にも適用された。しかし、これらのいずれも、当時、晶彦の通う学校には及ばなかった。ただ小学校の時、冬場は母親たちが交代で味噌汁を作って与えていた。国家の財政難から、農村には食べ物ぐらいあるだろうという、政府や中央官庁の考え方だったのかも知れない。事実、後年、都会に出て知ったことだが、都会で育った者は、田舎の方が恵まれていたと思っている。田舎でも色々な家庭があるという認識が薄いのである。

ついでまでに、昭和二十年生まれは人数が少ない。この年、終戦の復員もあって、昭和二十一年生まれ以後数年間は急増した。急に増えた上、国家財政が厳しいため、小中高校とも受け入れ体制が整わず、教室、教材、設備に至るまで貧乏くじを引くことになる。

この学校給食法が公布された昭和二十九年、地方ではまだ高等学校へ進学する者が少ない頃だったが、晶彦の兄猛は成績が優秀だったこともあって、親は資金の当てもないまま進学させた。ちょうど生活保護の話を持ちかけられた母が恥として断った中でのことである。

そして貧困の中、周囲から揶揄されながらも、方々で借金を重ねたりして、苦労の末、ようやく卒業させることが出来た。金を貸してくれる人たちがいたからこそ凌げられたとも言える。しかし、その中には晶彦の同級生の親からの借金もあって、小学生の晶彦は嫌な思いもした。

兄の猛は就職をしたものの、せいぜい晶彦への小遣い程度で、親への仕送りは無く、親は当てが外れた。

後に、晶彦は大阪に住む猛の所へ行ったことがある。四畳半一間にシンク（sink）だけが付いているアパート住まいで、だだっ広い田舎にいる晶彦は〈狭い〉と思った。親元から通勤すればまだしも、たとえ苦労して高校を卒業し、都会に就職しても、当分の生活は苦しいのである。

父哲男は「欲しい物があれば兄に頼め」と晶彦に言う。兄弟であっても、それに晶彦も兄の生活を見ているから、余程のことでないかぎり、たやすく頼めるものではない。世の中は親たちの奉公の頃から大きく事情が変わっていたのである。そんな中、晶彦が猛の所へ行った時は、田舎には無い所や、初めて口にするような外食店へ連れて行ってもらったりして、晶彦にとって全てが新鮮だった。

　貧しさに絡んだ色々な嫌なことが起こると、家庭を暗くする。台風や凶作で収穫の悪い時は一層それを感じる。このような暮らしの中、米の少ない時、数日分しか入っていない米櫃の米がほとんど無くなっている時もある。

　行商人が来た時、祖母マツが自分の食べたい物と交換して無くなるのである。家族は皆同じ物を食べていても、老人独特の我がままなのか、我慢できないようなのである。マツには年寄りを大切にして欲しい敬老という意識も強い。生活の中に、経済的にも精神的にも祖母を満足させるゆとりがない。家族皆満足して生活しているのではなく、欲しい物も我慢しているのである。

　トミエは予定していた米びつの米が無くなると、すぐには用意出来ないこともある。米が足りないと、弁当の米も足りなくなる。そんな時、学校が近い晶彦が家に食べに帰ったりする。家であればおじやで済む。おかずが無い時も同様、家で済ませる。晶彦が急いで昼食を食べに帰っても、たまに用意が出来てないこともある。トミエが仕事や所用で出掛けている時、用意しているはずのマツが近所に出掛け、話し込んでいるからである。マツはもう八十歳を超えている。用事を忘れるのは年齢的なこともあるかも知れないが、食事をただ温めるにしても、薪に火を付けることから始まり、時間が掛かるから大事である。

このような中、一九六一年（昭和三六年）四月から無拠出であっても、七十歳から老齢福祉年金が支給されるようになって、マツも受給対象になった。月額一〇〇〇円である。僅かではあるが、マツにとっては良い小遣い銭になったはずである。家計に入れることもなく、全てマツが好きに使用した。晶彦も時折パンや菓子など相伴に与っている。

夕食の時などに「たまには肉を食べたいな」と晶彦が言うと、「蚕のお金が入ってからや」とトミエが言うので、「何もかも蚕に頼ったら、蚕が可哀想や」と、晶彦が返すような具合である。

しかし、晶彦の誕生日や何かあった時などは、晶彦が好物のカレーライスを用意する。具はタマネギ、ジャガイモ、そして肉の代わりに缶詰のマグロ・フレーク（flake）が奮発される。

また冠婚葬祭が時折ある。その時付けられる折り詰め料理は、料亭の料理で味が違う。料理の他には和菓子が付けられ、祝事の時は、鯛、鶴、松、竹、梅で、仏事には蓮の花とほぼ内容は決まっている。いずれも普段家庭では食べられない御馳走になる。そして、引き出物に、まとまった砂糖が入ったときなど、家族が好きなぜんざいを作る。小豆は水田のあぜ等に種を蒔いて、米とともに収穫したものである。

そんなある日、思いがけないことが起こった。

「美味そうな匂いしてるな」

近所の祝事で調理をしていた魚屋が、全てを終え、晶彦たち家族が夕食を始めた時に入って来たのである。かなり酔っぱらっている。

「良かったら、召し上がりますか？」とトミエが言った。

「ああ、頂く」

「まあ、まあ、あちらさんの御馳走の方が美味しいのに…」

笑いながら、トミエは御飯と煮染め、そして味噌汁を用意した。すると魚屋はオート三輪から大きなマグロを持って来てまな板の上に置くと、包丁を振り下ろし適当に切り始めた。そして食卓の上に用意された大皿へ無造作に並べた。

「刺身、好きやろ。好きなだけ食べな」と晶彦に言った。

煮焼きする切り身以上の大きさに、

「これじゃ、食えん」と晶彦は言った。

「そうか、好きでも食えんか、ハハハ…」

笑いながら小切りにして、再び皿に置いた。晶彦は食べに食べた。魚屋は持ち込んだ一升瓶の酒を飲みながら、自らも食べた。魚屋が何故このような行動に出たのか分からないが、終始上機嫌であった。

魚屋は若い頃、長い期間修行に出て、この頃、家では料亭を営んでいる。料亭は晶彦の家から結構遠い。彼は調理の巧みさでは評判が良い。その彼がこの振る舞いである。家族は唖然とした。晶彦は降って湧いたこの出来事に、〈普段欲しくても食べられないのに、こんなこともあるのや。生きていくうちには思いがけないことも起こるんや〉とつくづくそう思った。

食べ物だけでなく、他の子供たちや遊び仲間たちが野球のバット、グローブを持っていても晶彦には無かった。仲間の用具を借りるにしても気兼ねをする。小学校の制服は、トミエが自分のスカートを潰して作った物もあった。そして今、晶彦の身長が伸びて、ズボンの長さが足りなくなり、トミエが猛や晶彦の古いズボンを継ぎ足したりした。しかし、継ぎ目で色が変わり、くたびれた色同士のツートン・カラーになる。他にいても良さそうなのに、同じようなファッション（?・）は何故か見あたらない。気にしないように振る舞うが思春期を迎え、由布子を思う晶彦にとって恥ずかしい思いは拭えない。

やはり、このような生活の有り様は、成長や脳の思考回路形成だけでなく、心の豊かさにも影響するのではないだろうか…。

「貧しくても、清く、正しく、明るく生きよ」

世間で言われている言葉である。この言葉は常に晶彦の心の根底にもあり、〈高潔、且つ品格高く、豊かな心を持ち、何事にも毅然として、強く生きてゆきたい〉そういう思いが晶彦の心に育まれていた。

晶彦は小学校五年生の夏休み、人知れず苦しんでいた脱腸を思い切って手術したこともあり、今は人並みとはいかないまでも、結構運動が出来るようになっていた。猛が都会へ就職し、姉幸恵も就職して、猛の通学費や学費等が要らなくなり、その分食い扶持も減って、生活や栄養も、多少はマシになっていたのかも知れない。そんなこともあり、運動できる嬉しさを噛み締めている。

運動会、茸狩り遠足など、秋の行事が一応終わった頃、サダちゃんと晶彦は大手電機メーカーの就職試験を受けることになっていた。その試験日前日、土曜日のため学校は半ドンで、終業後、晶彦は家にいた。夕方、サダちゃんが晶彦の家を訪ねて、「明日の試験受けられなくなった」と言った。学校に近いサダちゃんの方に連絡が入り、晶彦に伝えに来たのである。

「何故や、今になって。もう明日の準備は出来ているのに…」

「よくは分からないけれど、二人とも内心進学したい意志が強いことや、就職しても夜間高校へ通うことを絶対条件にしている。それに高校を卒業したら、会社を辞めるのではないか、そういうことが問題になったらしい。こじつけ理由かも知れないが…」

「ふーん、そうか」

「残念やな、せっかく決心していたのに」

「仕方ないさ、これからのことはまた考えるとして、とりあえず、代わりに明日の模擬試験受けに行こう」

明日は日曜日で、模擬試験は通っている校舎で実施される。

「うん、そうする」

「わざわざ、ありがとうな」

「いいや」

サダちゃんは家に帰った。

これを機に晶彦の目標は進学になった。サダちゃんも同じだ。晶彦の場合、姉幸恵は進学せずに就職している。幸恵は何も言わないが、進学したかったに違いない。幸恵の卒業当時、進学する者は晶彦の時以上に少なかったとはいうものの、〈姉は犠牲になっている〉と晶彦は思っていたので、自分が進学することに心を痛めていた。

更に、幸恵はもう年頃になっている。近いうちに大金が要ることは間違いない。そ れに、食い扶持は減ったとはいえ、現金収入が増えたわけではない。晶彦は兄猛の通学時の困窮状態を知っている。その影響は晶彦も身に染みていた。このようなことから、晶彦は働きながら夜間高校へ通うと決めていて、親もその方向に傾いていたのであった。もし、兄弟三人ともに年齢差が少なければ、晶彦の進学も全く考える余地はなかったに違いない。結局、晶彦は成り行きから進学に決まったのである。

〔ついでまでに、この頃、高校への進学率は、東京都で八〇％程度、地方では五〇％に満たないほどで、特に女子には教育犠牲の風潮が残っていた。彼女たちの中には「女に難しいことは必要ないの」という認識の者も少なくない。これは自己慰めの心も働いていると思った方が良い。青森など、都会から遠く離れた所では、まだ中卒者の集団就職も多い。晶彦の祖母の代では、文字の読み書きが出来ない文盲が多く、両親の代は小学校さえ、ろくろく行けなかった者もいる。晶彦たちの代は中学校まで義務教育、そして高校へ進学する者も増えてきた。収入や出世は教育に比例する場合が多いことから、無理をしてでも進学させる親も多かったのだ。〕

「苦労は買ってでもせよ」という言葉がある。

自己実現のための前向きな苦労は意義があるが、子供の頃の経済的、身体的苦悩には皆無とは言わないまでも、益は無い。むしろ「慰め、負け惜しみ」の言い訳に聞こえる。子供の伸び伸びした無限の夢や、その発想も諦めになり、自己束縛になりかねない。育つ境遇によって、その知識の違いから、発想や夢まで異なってくるのも事実で、せめて学業を卒業するまでの医療費や教育費は、誰もが心配せず平等に受けられるよう、国策として取り組んでゆかなければならなくなるに違いない。そうすることは個人のためにも、国のためにもなるのだから。

六、幸せの共有

模擬試験の明くる日の教室でのこと。

「おまえは良かったんやろなー」

自分の座席に座ったまま、試験の話など滅多にすることのないカズが言った。彼もまた近づきつつある入試を気にしていたのだ。早い入試では年明け早々に実施する私立高校もある。スポーツとか特定の目的が無い限り、大抵は公立を希望しているが、公立の滑り止めとして受験する者も結構いる。合格すれば公立試験の実施までに、高額の入学金を納めなければならないこともあって、経済的余裕の無い家の者にはもちろん無縁である。

「あかん」晶彦は簡単に答えた。

「ほんまかいな？」

「特に音楽があかん」

「おまえでもあかんか？　後ろに固まって遊んでたもんな…」

「あのベントウヴェン、好かんもんな…」サダちゃんが言った。

ベントウヴェンとは、音楽の教師の髪形が、音楽室に掛けられている額縁の中のベートーヴェンに似ていることから、誰かがその教師に付けたニックネームである。

彼は時折ラジオにも出るほどの有能者らしいが、この学校の男子たちには猫に小判。むしろ、蝶ネクタイと言葉遣いがキザっぽく、皆が嫌っていた。

「男子はホッポラカシ、女子ばっかし相手にしてるもんな」

カズが言った。

「俺たちが真面目に授業を受けないから、ついついそうなったのかもな…」

晶彦が述懐した。

「ともかく好かん」サダちゃんが念を押した。

普段真面目に勉強しないのに、成績が悪いのを教師のせいにして話を合わせているのである。

この会話が聞こえていたのか、「私たち、女子も皆嫌っているんよ」と一人の女子が言った。

「そんな風に見えんかったけど、分からんもんやな」とカズが言った。


明くる朝、晶彦はいつものように席へ着いた。

そして、何もないはずの机の中に本を見つけた。見たこともない音楽の参考書である。脳天から足先まで何かが走った。誰が入れてくれたか、晶彦にはすぐ分かった。昨日の会話を聞いていたのだ。それに先ほど、由布子が「今朝は早かったね」と誰かに言われているのを聞いていたからである。誰も来ないうちに教室へ来て、こっそり入れてくれたのだと直感した。そう思うと晶彦は嬉しく胸が躍った。由布子を見た。由布子はいつもと変わりなく、ニコニコしている。

家に帰ってから丹念にページをめくって、メッセージでも無いかと探したが、無かった。〈何故入れてくれなかったのだろう…〉と考えた末、他の誰かに見られた時のことを警戒したのかも知れないと思うことにした。メッセージはともかく、彼女が応援してくれていると思うと奮い立った。彼女の好意を絶対無駄には出来ない。受験も近くに控えている。この本は彼女にも要るはず、早く覚えて返さなくては…。

晶彦は遮二無二没頭した。苦手な本一冊全てを、一週間ほどで覚えてしまったのである。本人も信じられないことで、こんなことは初めてであった。これは自分の力だけではない。彼女の力が働いて自己の能力を超え、何倍もの力が出たに違いない。そのように思った。その後、この効果が他の教科にも好影響した。このことは後々、どのような苦境でも、どのような苦手なことであっても、何とかなる、何とかする、諦めずに頑張れば克服出来るという自信に繋がったのである。

晶彦もそっと彼女の机の中に返した。お礼のメッセージでも入れたかった。お礼以上の思いも書きたかった。でも、書けなかった。この時、彼女のメッセージが入っていない理由が分かった。しかし、せっかく作ってくれたかも知れないチャンスだったのに…自分がそうであるように、期待してくれていたかも知れなかったのに…そう思うと複雑な心境になった。

しのび見て　視線合っては　目を伏せて
　また目と目合う　授業楽しき

数日後の昼休み、教室にいるのは女子ばかりで男子は外にいる。

「由布子ちゃん、思い出し笑いなんかして、気持ち悪い」

佐和子が言った。由布子は焦点の定まらない目で、晶彦の滑稽な仕草を思い浮かべていたのである。

「中さんのことでしょう」

「違うわよ」

「赤くなった。でも良いなー、相思相愛で」

「そんな…」と言いかけて黙った。

「中さんの初恋か…。あの堅物がすっかり由布子ちゃんの虜になってしまって…」

「佐和子ちゃんが初恋の相手だったりして」誰かが冷やかした。

「それはないわ。私なんか八年以上一緒のクラスだったのに、あんなこと一度もないもん。由布子ちゃんは少しの間で心が通じ合ったみたい。悔しいけど羨ましいわ」

「私たち、そんなのじゃないもの」

「私たちだって」

「由布子ちゃんも初恋だったよね？」

小学校から由布子と同級の女子が言った。

「うん」とも言えず、返答に困って、

「そんなー…私…」

「ああ、初恋か。良いな」と誰かが言った。

「あ～あ、

夏の野の　繁みに咲ける　姫百合の

知らえぬ恋は　苦しきものそ」

普段目立たない女子が感情込めて詠み上げげた。万葉集、大伴坂上郎女（おおともの、さかのうえの、いらつね）の歌である。

「なに？　それ」一人の女子が言った。

「ひっそりと男の子のことを思っているのに、その私のことを気づいてくれない。その胸は苦しく切ないものよ。と詠んでいるの」

「えーっ、難しい歌を知っているんやね」他の女子が言った。

「たぶん少女雑誌だったと思うけど、載ってたんよ。いつだったか忘れたけれど…」

「そーお。先生が教えて下さったり少女雑誌に載ってたりする歌なんかは良いのに、教科書の和歌は興味持てないの多いわね。こんなの載せてくれたら、もっと勉強して覚えるのにね」と誰かが言った。

「でも、歌をよく覚えていたね」先ほどの女子が言った。

「共感したんだ。凄く感情が籠もっていたもの」誰かが言った。

彼女が詠んだことは、意外だっただけに、皆驚いていた。

「でも、その気持ち分かるなー」誰となく言った。

「さてはお主たち、誰かに恋しているな。お主たちも瓢箪か？」

また、誰かが言った。

「やめてよ」

「皆、それぞれ、秘めたる思いを持っているんよ。そして、たまにはからかわれてみたいのよ」

それぞれが口々に喋り始めた。すると、佐和子が突然大きな声を出して、

「そうだ、話が置き換わるところだった。こちらは色に出りけりの恋やもんなー」

そう言って由布子を見た。一人が冗談半分に、

「二人だけ幸福そうに楽しんでるんだから、憎らしいな…。ね、皆、そう思わない？」

「そうや」と誰となく言った。

先ほどの一人が「瓢箪の恋か」と言った後、黒板に瓢箪を描き始めた。

すると数人が加わり、色や形を変え、好き勝手に描き始めた。見てる間に棚からぶら下がっている瓢箪が黒板一面に描かれた。

「瓢箪、瓢箪、風に吹かれてゆうらゆらー」

皆、乗ってきてはやし立てた。

黒板に描いていた一人が、

「これが晶彦瓢箪。これが由布子瓢箪」

「その瓢箪、形が良すぎるんじゃない？」

一人が黒板の前に出て来て、

「こんな形…これ晶彦瓢箪。由布子瓢箪はこんなんかな…」

皆、ドッと笑って、

「それ離れすぎ」

他の一人が滑稽な形の晶彦瓢箪と、それに接して色を変えた由布子瓢箪に、それぞれ顔を描いて、二人の唇が接するようにした。

「あらっ、とうとうキスしちゃったよう…」

「こらっ、もーう」

黙って見ていた由布子が席を立った。

女子は逃げた。由布子は追いかけた。追いかけながらも、からかわれている由布子の心は弾んでいる。

その時、ガラッと引き戸が開く音がした。音に合わせたように騒がしかった教室内は静まりかえり、全ての視線が音の方向に集まった。晶彦が入って来たのである。

皆、一斉にドッと笑った。晶彦は一瞬ビックリした。晶彦の目に映ったのは、黒板一面に描かれた瓢箪と、由布子が一人の女子を追いかけている光景だった。今日は家へ昼食に帰り、家から持ってきた午後の教材を置くために晶彦は教室に入ったのである。それがジャストタイミングだったのだった。全てを察した晶彦は教材を置いて何も言わず、すぐ教室から出て行ったが、教室での爆笑と騒ぎ声が廊下まで聞こえてきた。「昼からが楽しみね」と誰かが言った。教室のざわめきは暫く続いた。

晶彦は既にグラウンドへ出ていた。この出来事は晶彦にとっても嬉しく、幸せな気分になった。また、その場面に遭遇したことも幸運だと思った。

始業のベルが鳴って、晶彦は緊張しながら教室へ入った。あの出来事は夢?と思うほど、皆、何も無かったかのように普段通りの顔をしていた。由布子もまた手に持ったハンカチーフを口に当てて、淑やかにニコニコしている。晶彦は何も言わず平静を装った。このことは他の男子は誰も知らない。偶然に教室に入った晶彦だけが知ることになったのだ。晶彦はその出来事を友にさえ話さなかった。

教室に　君が居るただ　それだけで
弾みときめく　心燃《むね》ゆる日々

数日経った放課後、グラウンドにいた晶彦の耳に、音楽室から聞き慣れないピアノ曲が流れてきた。切なさの中に、幸せ、時めきを沸き立たせる音色…アダージョ、ピアニッシモ…アンダンテからモデラート…そしてメゾフォルテで盛り上げる…。晶彦は覚えたてで、自信のない音楽用語に当てはめていた。そして完全に心を奪われ、引き寄せられるまま、そっと音楽室を覗いた。由布子が弾いていた。晶彦を見つけ、由布子は手招きした。

「出来たんやね…素晴らしい。…吸い寄せられて来てしまった」

ニコッと微笑んで、

「本当に?…」

「うん」

「ありがとう…嬉しいわ。…今の気持ちを曲にしてみたの。…初めから弾くわね」

由布子は自分の心を表現するかのように、体ごとピアノに溶け込ませた。弾き終えて、

「はい、これ楽譜」

「心は共鳴している…曲は体で覚えてしまった」

「約束よ」楽譜を手渡しながら言った。

「困った、曲が綺麗過ぎる」

「ふふふ…」

外気は冷んやりしてきたが、ここだけは窓越しに差し込む木漏れ日が優しく包んで

いた。二人はその温もりさえも気付かなかった。

翌日、最後の授業が終わって、掃除の後、入り慣れた用務員室で晶彦は一人、板間の端に腰を掛け、大きなやかんを側に置いて金属製の食器でお茶を飲んでいた。用務員室は湯沸かし室や料理実習教室と並んで併設されている。

そこに、教師でもある由布子の母親が入ってきて、晶彦を見つけ、側に立って笑みを浮かべながら晶彦に話しかけた。

「由布子ったら、家でいつも、晶彦さん、晶彦さんって、あなたのことばかり話してるのよ。…晶彦さんは良いわ、良いわって…。好きなの？って聞いたら、恥ずかしそうにね、『うん、とっても…』だって。『こんな気持ちになったの初めて』とも言っていたわ。それに、とっても信頼出来るって…」

晶彦が心に秘め、一番望んでいることを突然告げられたのである。

本来、学校内で教師から出る話題でない。普段、好意的な冗談や馬鹿話はしているものの、このような機会が無かったのである。他に誰もいないこともあって、親しげな母親の顔になっていた。そして、今、何も言えないでいる晶彦の目を、優しい目で微笑みながらも、見入るようにして続けた。

「あの子、嬉しそうにねっ、『私、お勉強も負けそう』と言ってたわ。こんなこと言うのも初めてなのよ。毎日楽しそうにしているあの子を見て、私も嬉しい…」

母親と言っても、美しく、色っぽさもある。話題もさることながら、そのことにも晶彦は圧倒され、たじたじで返す言葉が出てこない。

「あ、あ、あ、あのう…」

口をパクパクさせ、言葉にならない。彼女は晶彦の心情を察し、笑みを残してその場を去った。

女子は母親に何でも話し、好きな男子が出来ると、その名をよくロにすることがあると誰かに聞いていた。とりわけ由布子は母親といる時間が多い。この時、本当に由布子の心が分かったのである。地に着かない足と高揚した心で教室へ戻り、晶彦の由布子を見る目が緊張した。


学校を退けて、晶彦はじわり、じわり、と幸せ感が湧いてきて、胸は何とも表現出来ないほど熱くなっていた。

初めて会って以来一途に思い続け、一時も由布子のことが心から離れなかった…。

〈男子みんなが憧れているあの高嶺の花の由布子が、あのお姫様が、何と、この自分を本当に思っていてくれている。ああ、こんな幸せ、本当にあるのだろうか？ 夢ではないだろうか？〉

足が地から浮き上がり、のぼせ上がって有頂天に…。自分のために世界がある…。もう何も怖いものは無い。何でも出来るような不思議な力が湧いてくる。…美しいヒロインを恋人に持つ映画の主人公になったような気分でもある。

どんな言葉を使っても表現し尽くせない心情。決して大袈裟ではない。

こんな満ち足りた幸せが訪れ…高揚する気分になれることも人生にはあるものなのだ…しかも教室で…授業中に…こんな気持ちになれるなんて…学校へ行くのがこれほど楽しいとは…。

晶彦は生まれて初めて、天にも舞い上がるような幸せ感に包まれた。そして、いつまでもこんな気持ちでいられたら…と、祈る思いである。

この頃、体はマシになっていたとはいえ、生まれてから健康や経済的に恵まれず、我慢、辛抱で育ってきた晶彦にとって、彼女とのことは、何ものにも勝る例えようもない至福である。この出来事は、もう由布子にも伝わっているはずで、共有できる事実だと思った。それにしても、あの時「僕も好きです」と言えば良かったのに…、思いつきもしなかった。

この気持ちは彼女に伝わっているだろうか?

この幸せな思いは彼女も同じだろうか?

でも、母親である先生が良く告げてくれたものだと感謝した。

そして、自分の心は伝わっている、分かってくれていると信じた。

恋うひとに　思われている　幸夢心

七、時よ止まれ

思わぬことが起きた。今、クラスは違うが、幼い頃からの友、杉谷晋平が腕を骨折したのである。そのため、晶彦は、毎朝、彼の家に寄り、自転車の後部荷台に乗せて登校していた。何日か経ったある日、彼の祖母が晶彦の家を訪ねて、お礼だと言ってお菓子を置いていったのだが、晶彦はこの改まった行為を不審に思った。

明くる朝、いつもと同じように彼の家に寄った。そして菓子の礼を言ったが、「今日限り自転車に乗らない」と言うのである。理由を聞いたが言わない。そして晶彦に近寄らない。そのような日が数日続いた。晶彦は憂うつだった。

そんなある日、晶彦は下校途中、晋平の家に寄って、態度が変わった理由を食い下がって聞き質した。彼は重い口を開いた。

彼はいつも後部座席で、「走れ！　急げ！　それ行け」などと、時には尻を叩いて叫んだりして賑やかで、晶彦は「俺は馬か」などと返していた。

この状況を知っている級友との会話の中で、晶彦は「俺はあいつの馬さ」と冗談を言ったことがある。この発言が悪意も手伝って、曲げられて伝えられたため、晋平が誤解し、つむじを曲げたのだった。これらは仲の良い、親しみのある行為で、晶彦には悪意にされた意味が分からなかった。

晶彦は怒った。

「長い間一緒に行動してて、俺が分からないのか」

お互い家の中の隅々まで知っている間柄である。彼は気まずそうな顔をしたが何も言わなかった。

「明日の朝、迎えに来る」そう言って、晶彦は帰った。

自転車の二人乗り通学は再び暫く続くことになる。

能力があっても進学できず、やむなく就職しなければならない晋平。そして骨折、家庭内での色々なこと…このような中で、余人の曲がった告げ口に、友も信じなくなるほど彼は疲弊していた。

一方、進路は進学に変わり、そして心には由布子がいる、同じような境遇でありながらも、晶彦の状況は一変していたのである。この出来事から、たとえ親友であっても、晶彦は他人のことを話す難しさを思い知った。結局、後に二人は以前、いや、それ以上の仲になるのである。

年が明けた三学期のある日、午後の休憩時間のこと。

教室で、「何っ！」と晶彦は一人の男子生徒の胸倉を掴んだ。その刹那、力を入れた相手の右拳が晶彦の左顔面を痛打して、晶彦はその場に倒れてしまった。ちょうどボクシングにおけるノックアウトの状態である。晶彦自身〈目から火が出た〉と思った瞬間気を失った。

一瞬の出来事であった。教室にいる者も何が起こったのか分からない。晶彦は一分ほど経って気が付いた。顔の下の床が血で濡れている。鼻血が出ていた。左顔面が凄く痛む。周囲に男子生徒が何人か集まっていた。由布子も自分の席から心配気な顔をして見ている。

晶彦は哀れにも倒れている自分を思った。両手を床に当て、ふらつきながらゆっくり立ち上がった。少しの間様子を見て、カズとサダちゃんが洗面所に連れて行った。顔を洗って鏡を見た。目は赤く、目の周囲から頬、鼻、口にかけて赤青く腫れ上がり、歯も一本欠けている。〈これは漫画や喜劇で見る滑稽で醜い顔になった哀れな三枚目と変わらないではないか〉と思った。それも、見られたくない由布子にもう見られている。まだ鼻血が止まらない。サダちゃんが渡した塵紙を鼻に詰めて教室に戻ると皆が注目した。授業は始まっていたが、教師は何も言わず、淡々と授業を進めている。

誰が綺麗にしてくれたのか床の血は拭われていた。喧嘩相手は担任の教師に呼ばれて教室にはいない。やがて彼が戻ってくると、入れ替わりに晶彦が呼ばれた。晶彦は胸倉を掴むだけで殴る気はなかった。

一般的にあのぐらいのことで、本気で人を殴れないものである。晶彦には考えられないことで、ましてや教室である。晶彦を殴った生徒は喧嘩慣れしている。喧嘩のために鍛えた技や、名うての腕力の持ち主であった。その生徒が晶彦の顔面に、手加減も無く、あれだけ力を入れて殴るからには、余程気に入らないことがあるのかも知れないと思った。普段大抵のことは聞き流しているが、晶彦にとって今回は耐え難い内容だったことから、勝てるはずのない相手にかかっていったのである。

家では親が心配して問い詰めたが、「ボールが当たった」とだけ言った。親も何かあったとは思ったものの、それ以上は聞かなかった。後に、懇談会で知らされることになる。教師だけでなく、他の父兄も周知のことで、知らないのは晶彦の親だけだったのである。学校では三年生全てに知れ渡っている。しかし晶彦に、顔や事件のことを話題にする者はいない。知ってか知らずか理由も聞かない。

事件当日、家に帰って由布子は母親に言った。

「今日は大変なことあったんよ」

「中さんのことやね」

「知っているの？」

「職員室で噂になっているんよ。担任の先生が二人を交互に呼んで事情を聞いても、二人とも理由を言わないらしいのよ。それで、側にいた生徒を呼んで聞いたようだけど、詳しいことは誰も分からないらしいの。でも、原因はどうも由布子らしいんよ。その上、中さんの方からかかって行ったというじゃない。だから担任の先生もそれっきり追及せずに収めたらしいの」

「私も雰囲気から、そんな風に感じてたんやけど。…私のことって何やろ？…なんで喧嘩になったんやろ？…勝てもしない相手に…晶彦さん何で？」

「男の子って、そんな時があるんじゃない…。それにしても相手が悪すぎたわ。でも、彼にかかって行くなんて、随分逞しくなったもんやね。入学当時と比べれば…」

「今後、何も起きなければ良いけど…」

「由布子もそっとしておいたら」

まだ痛々しい顔のあざが癒えないある日、ソフトボールの守備から戻った晶彦を他クラスの一人の男子が呼びに来た。ついて行くと、校舎の裏ではもう一人の男子が待っていた。そして晶彦に近づくなり、黙ったまま右の拳、続けざまに左の拳で晶彦の腹部を殴った。晶彦はかわす間もなく、息が止まるような苦痛とともに、うずくまるように倒れた。意識がなくなっていったのである。昼休みも終わろうとしていた時のことであった。

始業のチャイムが鳴っても戻って来ない晶彦を探しに、カズは教室を出た。探し出すのに時間は掛からなかった。思い当たる場所が幾つかあって、そのうちの一つだったのである。

〈ああ、やっぱり。あいつと一緒に歩いて行ったので、気になって来てみたら案の定この始末か〉

あいつとは暴力的なグループの一人である。晶彦は息苦しさと、腹部に苦痛を感じながら、立ち上がろうとしていた時であった。

「ああ、カズか」苦しさの中で何とか言葉になった。

「殴られたのか?」

「ああ」

「大丈夫か」

「と、思う」

「御難続きやな」

「ああ。でも俺、あいつに恨まれることなど何もない」

「おまえになくても、あいつにはあるのと違うか」

「どういうことや？」

「やっかみさ、牧村と二人で輝いて見えるおまえに腹が立つのやろ。この際だから言うが、この俺だって妬ましく思うことがある」

「俺には分からない」

「まあ良い。もう授業が始まっている。歩けるか？」

「ああ、何とか」晶彦は前屈みで歩き出した。

「このことは誰にも言うな。また大騒ぎになると困る」

「分かってる」

それにしても、相手が悪すぎるとはいえ、この一連の出来事で晶彦は非力な自分が哀れで情けなかった。

男子は荒くれも結構多かったが、晶彦の存在感は結構大きく、最近は晶彦に対して粗略な態度を取らないばかりか、多くは親しみを持って接していた。そんな中での出来事だったのである。しかし、その後、晶彦との間には何も起こらなかった。由布子の心配も杞憂に終わった。

受験や就職を控えて、重苦しい最後の中学生活を送っている中で、晶彦を殴った二人だけでなく、男女とも多くの生徒が、晶彦と由布子だけが学校生活を楽しんでいるように見えて、羨望の的になっていた。相手が由布子だけに、二人のことが目立つのである。とりわけ男子たちは由布子へ思いを寄せながら、話さえ出来ない悔しさが強く、腹立たしさを持っている者もいる。

当の二人はそのことを知らない。このような中、お互い一層思い合うようになっていった。かといって目立った行動をしているわけではない。秘めていても思いが強いだけに、他から見れば充分分かるのである。

授業中、由布子は間に一人いる女子生徒を介して、晶彦の元へ折り畳んだ文を送った。「曲のタイトルと詞、考えてくれた?」。晶彦は、今のこの幸せが永遠に続いて欲しいという思いから「タイトル、いつまでも」と書いて返信した。

その文が由布子に渡って、お互い微笑んで頷いた。そして由布子は再び「作詞もお願いね」と書いて渡した。晶彦は由布子の方を見て、了解する表情で頭を掻いた。由布子は合作にしたいのである。

晶彦は今までも詩を考えていた。しかし、作詞となると、恋うる切なさ、愛される幸せ、美しく満ち足りた日々…この例えようもない夢のような世界…そして、この内容に優るとも劣らないあの美しい曲、これを満たす詞は考えつかない。好きとか、愛しているとか、ありふれたその程度のものではなく、文字に表すことができない。文字にすると色あせてしまうのである。自分の言葉や表現力の乏しさを痛感し苛立っていた。そして〈焦るな、時間がかかっても、文字で綴れるよう努めよう…それからでも良い〉そう心に言い聞かせていた。

何日か経ったある日、生活指導担当の教師に三年生全員が集められた。晶彦は手の平に消しゴムを載せてもて遊んでいた。それが気に入らなかったのか、教師に名指しでののしられた。

「入試試験を前にして、毎日遅くまで学校で遊んでいる。浮ついた気分でどうする！滑るぞ！」

それだけでなくネチネチとうるさかった。そして、鈴鹿高専を落ちたことも、その理由として詰《なじ》られた。教室に戻ってきてから、カズとサダちゃんに慰められた。

「あんな酷いこと言わなくても良いのにな」

喧嘩のことや、晶彦と由布子の噂は教師たちも知っている。そのことも手伝っていたのに違いない。そして、自分では抑えているつもりでも〈調子に乗り過ぎている、そのように見えているのかも知れない〉晶彦は自戒した。

昭和三十七年（一九六二年）、大学の学部と同等の教育を目標に、全国に七校、一期校として、三重県鈴鹿市にも五年制の国立工業高等専門学校（略称、鈴鹿高専）が新設され、第一期生の募集があった。晶彦は応募した。全く内容が分からないままの受験である。新設とあって、機械科定員四十人に受験生が殺到した。

受験生が多いためか、遠い受験生に配慮されたのか、当該高専を含め、県内の幾つかの高等学校が試験会場にされた。晶彦はクラスメートとともに、担任の教師に引率され、会場の一つになっている高等学校に行った。寒い中、晶彦たちはグラウンドで説明を受けた。「講堂に入りきらないのじゃないか」、誰かの声が聞こえてきた。〈これでも一会場に過ぎないのか〉、とにもかくにも晶彦は募集人数の割に集まった受験生の多さに驚いた。試験内容は普段の授業や高校入試用模擬試験の比ではなく、かなり高度な上、ボリュームの多さに驚いた。更に、初めて目にする問題が多く、相応な受験学習をしていない晶彦は、何段もレベルの違う学力差を思い知った。

大学ほどではないし、国立のため掛かる費用は少ないとはいうものの、五年間の学費や寮費を出せる経済力は家に無い。仮に合格しても、入学できないことは初めから分かっていた。それに、晶彦の望む大学理学部のような基礎科学の追究ではなく、あくまでもテクノロジーの学習と聞いていたので、初めから行く気は無かった。腕試し受験である。それでも、落ちた悔しさは強く残った。

数日して、他クラスの岸本が「田代由美子の家へ行きたい。一緒に行ってくれ」と晶彦に言った。そして、「俺は彼女が好きや」とも言った。夕食後、二人は晶彦の家から三キロメートルあまりある彼女の家を訪ねた。

道すがら、岸本が言う。

「卒業後、彼女は就職のためいなくなる。両親は無く、今、お婆さんと二人暮らしで、可哀相な娘なんや」

そのことを晶彦は知らなかった。

彼女は祖母とともに二人を迎えてくれて、座敷へ通された。祖母も入り、四人の会話になった。

「この子は友達を作るのが下手で、親しい子は少ないんですよ。そのくせ寂しがりやで…就職先へも、この学校からは一人きりやし…日本中から言葉や生活習慣が違う娘さんたちが集まって来るそうやし…まだ子供やし…」

祖母は色々と心配事を言った。

「すぐ慣れますよ」岸本は言った。

「それなら良いけれど…、ああ、そうや。お茶でも…」

「私、入れてくる」

少し経って、由美子は駄菓子とともにお茶を運んできた。

「実は僕も、二学期まで就職の準備をしていたんです」

「えっ、そうですか？」祖母が晶彦を見た。

「試験を受けに行く前日の夕方になって、会社から断りの連絡が入ったんです。それがきっかけで進学に決まったんです。受かるかどうか分かりませんが…」

「どの家庭も色々事情があるんやねー」

「まだ就職する者の方が多いからな」岸本が言った。

「私も老いて、この子一人、兄妹も無いから心配で…」

岸本と晶彦は言葉が出ない。両親や親戚のことは知らないが、〈こんな境遇のクラスメートもおるんや、自分はまだ幸せや〉と思うとともに、由美子のことを思うと涙脆い晶彦は目頭が熱くなった。

二年生の時、晶彦は彼女と同じクラスになったことがある。お互いいつも馬鹿なことを言って、からかい合っていた。そして由美子は時折、ふと、すねたように寂しげな表情になり、怒ったと思うと、後で折り畳んだ文を回して来て、あれこれと書いてあったことを懐かしく思い出していた。〈彼女にこんな事情があったのか〉心の中で思いつつ、晶彦は見られたくない赤くなった目を隠すように駄菓子をほおばり、お茶を飲んだ。

晶彦の目の潤みを、三人は見て見ぬふりをしていた。

「由美子さんはしっかりしているから、大丈夫ですよ。なあ」

岸本は晶彦の同意を得るように言った。晶彦は相槌を打った。彼女の就職先は晶彦の姉がいる所だと知って、

「姉ちゃんにも言っといてあげる。頼ると良いよ」

と言うと、由美子は頷いた。暫く話し合ったあと、

「遅くなるからこれで」と二人は目配せしながら言った。

「よう来て下さった。これからも友達でいてやって下さい」

外に出て別れ際、

「良いお婆さんやな」晶彦は由美子に言った。

「まだ少し学校は残っているし、またな」岸本が言った。

由美子は黙って頷いた。心なしか、月明かりに浮かぶ白い顔の大きな瞳が潤んでいるように見えた。〈今日の彼女は終始、神妙且つお淑やかにして、余り発言しなかった〉教室で二年生の時の彼女を見ている晶彦はそう思った。

彼女たちと別れ、寒い星空の下、自転車を並べ、晶彦は言った。

「彼女を守ってやらなあかんぞ」

「うん」

暫く黙ってペダルを踏んで、岸本が言った。

「おまえは良い奴やな。ヤッパリ親友や。卒業しても宜しく頼むわ」

「いきなりどうしたんや」


卒業式も近づいたある日、抜き打ちで朝から突然試験があった。終わってから、

「今日の試験何やったんやろ？」晶彦が言った。

「去年の入試問題よ」由布子が答えた。

「ふーん。今年もあのように易しかったら良いのにな」

由布子は笑っている。ちなみに、晶彦の音楽は満点だったのである。

高校入試を控えて感傷に浸っている時ではないのに、由布子と毎日同じ学校で、同じクラスで学べなくなる。それを思うと、込み上げてくる感情はどうにもならない。一緒に学べる幸せな、ときめきの日々はもう終わる。卒業の現実、残り少ない日々があまりにも早く、一日一日容赦なく消化されてゆく。

このまま由布子と同じクラスにいたい、このクラスが永遠に続いて欲しい。時よ止まれ！　時よ止まれ！　夢なら醒めるな！　何度も何度も思う。由布子との出会い、そして心の繋がり、彼女を思う切なさ、思われる幸せ、この至福感、繰り返し、繰り返し浮かんでくる。入試勉強は上《うわ》の空である。

無情にも卒業式の日が来た。各人胸に去来することもあるだろうが、教室の雰囲気はいつもと変わらない。晶彦と由布子も同じように振る舞っている。

卒業式は粛々と進んでいった。そして由布子のピアノ伴奏で「仰げば尊し」の礼唱に入った。力弱く悲しげに奏でる音色は彼女の気持ちが溢れ、感傷的なムードを盛り上げた。更に、答辞も彼女で、この三年間を締めくくった。その様は此処にいる誰もの涙を誘う…晶彦にとって、由布子のピアノと答辞は、今日で終わりという堪えていた悲しさへの呼び水にもなった。そして涙が溢れた。

卒業式は由布子のワンマンショーで終わった。晶彦は最後に思いがけないクライマックスを持てたのである。晶彦はこの時の印象を、彼流に心に刻んだ。

君が弾く　仰げば尊し　泣いている
君が読む　途切れ途切れの　答辞かな

卒業式は国の方針でもあり、小学校の頃とは変わって、この頃には特定個人を表彰することはなかった。卒業式が終わって教室に戻り、アルバム等が配られた。このアルバムは卒業生にとって良い記念になるはずである。この中の一つに、腰掛けた晶彦の後ろで、由布子が立っているのを見つけた。後ろに由布子がいることは今まで知らなかった。意識して後ろに来てくれたと思いたかった。これは二人にとって思いがけない記念となった。

担任教師の贈る言葉で皆立ち去った。

晶彦は立ち去りがたく、椅子から立ち上がろうとしない。この教師と晶彦との間には、三年間の数え切れない出来事が思い出となっている。教師も分かっているかのように、頷きながら言った。

「元気でな」

「ハイ、先生も…三年間、担任、ありがとうございました。お世話の掛けどおしで…」

教師は首を振って、顔を赤くしながら教室を出て行った。晶彦はしばらく教室にいたが、誰も入って来ない。期待したが由布子も来なかった。

教室にお礼と別れを告げ、教室を出て駐輪場へ向かった。足取りは重く、歩みは遅い。駐輪場に入った。学校の駐輪場にしては珍しく板壁が張ってある。運動具を入れる物置小屋を延長した簡単な建屋で、内には裸電球が数個点在して下がっている。そして床は土を固めただけで、雨の日は軟弱になる。この学校に幾つか駐輪場はあるが、このような小屋タイプはここだけで、この学校では自転車小屋と呼んでいた。結構広い自転車小屋も、自転車はあまり残っていない。もうほとんどの者は帰ってしまったのである。

晶彦は持ち物をゆっくり荷台へ縛っていた。すると、思いがけないことが起こった。どこにいたのか、突然由布子が現れた。まさか…本当に由布子なのである。晶彦の鼓動は速くなった。

由布子の自転車は晶彦から四メートルほど離れて、二人は向かい合う格好になった。互いに見ないふりをしながら見ている。板壁の朽ちた板の穴から射し込む光に、由布子の白い顔が美しく映えている。今、不思議なほど静かな中、ここには二人だけ、他に誰もいない。晶彦にとって、またとない最後のチャンスである。

言葉を交わしたい。思いを伝えたい。今後のことでも約束したい。出かかっているのに、何を言って良いのか言葉が出てこない。全身が熱くなり、ただ喉がカラカラになるだけである。

由布子も言葉を交わしたかった。晶彦からの言葉を期待し緊張した。由布子はうつむいて、手は無意識のまま持ち物を荷台に縛っていた。

〈何故声をかけてくれないのだろう…晶彦の意気地無し〉と思いながら、由布子自身も言葉が出なかった。晶彦と同じ心情だったのである。

神様が、それとも由布子が、せっかく二人だけのチャンスを作ってくれたのかも知れないのに…これだけ思っていても声すら掛けられず、全く何も言えない自分に晶彦は苛立《いらだ》ち、燻ったまま脳が反乱している。
とうとう双方一言も発せないまま、別々に立ち去った。由布子の心は彼女の母親から聞いてはいるものの、お互い直接気持ちを伝えてはいない。映画やドラマなら最高の場面なのに、これが最後になるかも知れないのに…晶彦はこれだけのチャンスに、声をかけたくても簡単な挨拶すら出来なかった。晶彦は何も出来なかった自分を駄目な奴だと思った。

下校途中、何処で誰に会ったかも意識は定かでない。いつからこうしているのか、今、晶彦は自宅の台所の板間に腰を掛けている。火の玉になったまま、晶彦の全てが、まだ冷めやらない。
そして、どれほど経った頃だろうか、
〈中学校最後の日に、このような機会が持てたんや。言葉は交わせなかったけれど、心は通い合っている。由布子もそう思っているに違いない〉と、慰めにも似たような感情が湧いてきて、幸せな思いが晶彦を包んでいった。
今思うと、由布子で始まり由布子で終わった。他に何もない、駆け足のように通り過ぎた一年だった。しかし晶彦には考えられないほど充実していて、由布子の存在は言い尽くせないほど大きく、彼女がいなくては、どうにもならない心になっていた。

マイハート　告げられぬまま　卒業日
夢の日々　持ちきれぬまま　学舎去る

第二楽章

一、新しいページ

入学式を終えたその日の昼下がり、降っていた雨も上がり、晶彦は父親と近畿日本鉄道津新町駅のプラットホームに入った。

晶彦は鼓動が急に速くなった。既に電車を待っていた母親と一緒にいる由布子に、バッタリ遭遇したのである。

全くの偶然で、たまにしか街に出ない父親が、入学式に出たついでに街で買い物などの用事のため、寄り道をしていたことが晶彦に幸いした。それに晶彦の通う工業高校と由布子の通う高校の最寄り駅は同じなのである。

晶彦は母娘に「父です」と告げ、続けて二人を父親に紹介した。

「中学校の同級生とお母さん。お母さんは先生」

お互い挨拶を交わした。

由布子の母親は、父親から晶彦に視線を移し、

「この娘のこと、宜しく頼みます」

そう言って頭を下げた。思いも寄らない言葉に、慌てた晶彦は、

「ハ、ハイッ…僕の方こそ、宜しくお願いします」

恥じらいながら、緊張して答えた。

由布子はいつものように微笑みながら晶彦を見つめ、目で「宜しくね」と言っている。そして母親は付け加えた。

「この娘、体が弱いんです。ここに通うのは一人だし、心配で…」

今日は教師でなく、全くの母親なのである。

愛想かも知れないが、彼女の母親から直接由布子のことを託されようとは…中学校を卒業して、こんなにも早く、こんな形で会えるとは、晶彦にとって、この上もなく嬉しいことであった。由布子も自分の目の前で、母親自ら晶彦に頼んでくれたことは嬉しかった。晶彦も由布子も卒業以来寂しい思いをしていて、入学式という一番初めの日に会えた喜びはひとしおである。由布子は終始笑みを浮かべていた。

晶彦の父親はこのようなことが苦手で、始終かしこまって長話をせず、車内では別々の場所に座った。晶彦は落ち着かない。由布子の側に行きたいが、父がいては行きづらい。晶彦の両親とも、晶彦の由布子への思いを知らないのである。晶彦は落ち着かないまま、由布子の方に目が向く。由布子も母親と話しながら、チラチラ晶彦を見る。時折視線が合う。幸せな緊張感が二人の全身を熱くする。

帽子、学生服、そしてズックの靴、カバンも新調され、腕には生まれて初めて付けた時計も光っている。腕時計は兄猛が入学祝いに与えたものである。生まれて初めて、頭の天辺から足の先まで新品に包まれ、気分が良い上での今日の出来事、晶彦にとって最高のスタートになった。

晶彦の家と由布子の家は二キロメートルあまり離れている。由布子の家の近くには、国鉄（後のＪＲ）名松線の駅、関ノ宮がある。晶彦は近畿日本鉄道大阪線、駅は榊原温泉口を利用している。由布子や晶彦の通学仲間も途中から、この近鉄線に乗り込んでくる。伊勢中川駅から津新町駅までは名古屋線になるが、晶彦が乗っている朝の列車は乗り換えないで良い。

入学式から二日目の下校時、晶彦は恵比須さんと二人並んで、自転車のペダルを踏んでいた。そして恵比須さんが言った。

「今朝の電車の中で、『中は次の急行に乗っている』と言っておいたぞ」

「誰に？」

「牧村」

「彼女に問われたのか？」

「ううん。少し離れていたけれど、多分聞こえたと思う」

同乗している仲間との会話の中で、一際大きい声で喋ったという。

「彼女一人で乗っていたのか?」晶彦が問うた。

「女の子ばかり、何人かと話していた」

「彼女、聞いているかな?」

「中のことなら、きっと聞いているよ」

普段静かでおとなしい彼が、人の多い電車の中で、よく言ってくれたものだと晶彦は感謝した。由布子のことで、彼は晶彦を応援したいと思っていたから出た行為である。そして彼は普段から晶彦を信頼し、悩みなども話していたのである。

次の朝、列車内で由布子は、ミッション高校に通っている中学時同級生だった大宮百合子と、他の学校に通っている麗子に向かって言った。

「中さんの乗っている電車へ乗りたいの。一緒に行って?」

「由布子ちゃん、二人で会いたいくせに…。側にいる私たちは馬鹿みたい。ねーっ」

百合子が言った。

「今日は私も遠慮するわ」麗子が言った。

「困ったわ…会えなかった時、一人じゃ…」

「由布子ったら、お嬢さんなんだから」

そう言いながらも、高校に入ったばかりで、列車に乗り慣れていない女子の誰もが不安だったのである。

「私たちが行ってあげる。由布子ちゃんの好きな人、見てみたいし」

話の輪の中にいた知り合って間もない麗子の同級生と、百合子の同級生佐伯鈴江が興味も手伝って付いて行くことになった。そして三人は伊勢中川駅で列車を降り、次の急行を待った。

「由布子ちゃん何両目か分かるの？」麗子の同級生が言った。

「全然…」

急行列車が入ってきた。

「まあ、凄い混雑」麗子の同級生が言った。

「これで会うことが出来たら運命の二人やね」

佐伯鈴江が真面目な顔で言った。

列車外から、窓越しに探している時間など無い。ともかく三人は乗り込んだ。尋常な混雑ではない。そしてドア辺りからの力で押し流された。流されながら、由布子は座席にいる晶彦をあっさり見つけたのである。そして言った。

「あっ、おはよう」

言った後も、自力では制御出来ない凄い力によって晶彦の前を少し通り過ぎてしまった。

驚いた晶彦は緊張して挨拶を返した。本当に由布子が乗り込んで来たのである。晶彦は由布子が連れている二人を見たことがなかった。どちらも可愛いと思った。電車が動き出した。

「凄い、ヤッパリ運命の二人」

二人の女子が由布子の耳元で囁いた。由布子は笑みを返した。

「カバン持つよ」晶彦が言った。

「ありがとう」

自分の分を入れて、カバン四つを膝の上へ積み上げた。三人の女子がいる中、男子は自分一人。晶彦にとって、可愛らしい女子のカバンに触れたのは初めてのことも相俟って、恥ずかしさと緊張で真っ赤になっている。三人の女子のカバンは薄い革製、晶彦のカバンは分厚いズックである。

「クラブ、何か決めた？」

晶彦の方へ身体を伸ばすようにして、やっとのことで由布子が言った。

「卓球部に入ろうかと思っている」

この鮨詰め状態で、由布子が晶彦の前に移動出来ない列車の中にあって、会話どころではない。ましてや晶彦は席を替わってやりたくても動けないのである。駅で降車し、二人になった。そして改札を一緒に通り、肩を並べて歩いた。学校は違うが、途中まで少しの間、同じ道なのである。

列車から降りた両校生の長い一群が続いている。

「あの満員電車で、偶然にしても、よく会えたものやな」

恵比須さんから聞いていただけに、そのような問い掛けになった。

「ええ。からかわれたわ、彼女たちに」

「何て？」

ためらいながら、

「運命の二人だって」

晶彦は緊張の中、更に緊張して何も言えず、赤くなっている。少し間をおいて、

「学校、何時に終わるの？」由布子が問うた。

「三時半は過ぎそうや」

「遅いのね」

「うん」

心が完全に上気し、浮いてしまって話題が見つかりにくい中、ポツリ、ポツリと話しながら…ただ歩く。振る手と手が時折触れる。

「では、また」と言って別々の道に分かれた。

せっかく終業時間を聞いてくれたのに、晶彦は帰りの待ち合わせも言い出せず、約束出来ないもどかしさが残った。しかし、〈いつでも会うことが出来るんや。今日の

帰りも会えるかも知れない〉そう思うと歩む足取りも弾み、心の中も桜の花で満ちていた。

嬉しさを　伝えられない　もどかしさ
　君我がもとへ　来てくれたれど

美しい　君と並んで　通学路
　集まる視線　嬉し恥ずかし

電車の混み方が酷いので、二人は少し早めの電車になった。

しかし、晶彦の側にも、由布子の側にも仲間が数人いる。お互い近づいて行けず、話すことも出来ない。時折視線を合わせるだけである。お互い級友が出来て、駅に着いてからも二人になれない。それに入学早々、晶彦の通う校内で晶彦と由布子の結構詳しいことまでが、少なからず広まったのである。通学時の二人を見られたこともあるだろうし、同中学出身者の誰かが喋ったのに違いなかった。その後、同様に、由布子の通う校内でも二人の仲は知られることになる。

中間試験も終わった土曜日。学校から帰ってきて昼食を済ませた晶彦は、居間の窓に腰を下ろし、猫を膝の上に乗せてジャラしていた。

そこへ満智子が晶彦の家に来て、顔を見るなり言った。

「『今日、中さん来るかしら？』って、聞いていたわよ。用務員さんに」

「誰が？」

「牧村由布子さんっていう綺麗な人」

「本当？　からかっていない？」

「本当よ、湯沸かし室で…」

「そうか。満智ちゃん、牧村さんのこと知ってたんやったね」

「うん」

そう言って、満智子は微笑みとも言えない意味ありげな表情をした。満智子は中学時代だけでなく、今の晶彦と由布子の噂をよく知っているのである。

「何か用があるのかな？　行ってみるか」

晶彦は独り言のように言うと、満智子は先ほどから、女性が男女の話題の時に見せるような、何か言いたげな目をしている。

「うん？　何？」晶彦が問うた。

「ううん」満智子は首を振った。

満智子が由布子に会ったのは、全く偶然のことであった。

由布子が母校の中学校へ来ている。〈今日は母親が日直なのだろうか…〉晶彦は急いで自転車のペダルを踏んだ。

途中、はっとして、〈満智子はそれを伝えるためだけに来てくれたのだろうか?〉急いで飛び出したものの、せっかく訪ねて来た彼女を置き去りにしたことに心が痛んだ。この時の晶彦には彼女を気遣う心の余裕は無かったのである。

母校に着いて用務員室を訪ねた。誰もいない。もう帰ったのかも知れない、そう思いつつも、奥の間にいるらしい用務員に由布子のことを聞く勇気も、そして捜す勇気もなく、外に出た。すると、サダちゃんや学校近辺に住んでいるかつての男子同窓生二人が来ていた。

四人は五目並べをすることに異論はなく、早速、碁盤が置いてある教師の宿直室に入った。卒業生が宿直室まで自由に出入りしている。このメンバーぐらいかも知れない。馬鹿話をしながら、入れ替わりの対局である。晶彦の頭は由布子のことで、会話や五目並べは上の空…。

そんな折、突然由布子と母親が現れた。

由布子は白の体操シャツを着て、胸の膨らみも柔らかく包まれている。そして柔らかなグレーのひだ付きスカート、一見してラフな服装である。

出たままの布団、夜食や灰皿など、昨夜の宿直教師が取り散らかした枕元、臭いさえするむさ苦しい宿直室…。まさに掃きだめに二羽の鶴…。由布子がいると、闇でも明るく照らす。彼女の白く華やかな顔とシャツの白さが一層輝いて眩しい。不意に現れた鶴に、晶彦は目つぶしを食らったように我を失った。それは晶彦だけではない…。この状況を知ってか知らずか、母娘はニコニコしている。

そして、母親が言った。

「中さん…由布子に数学教えてやって…」

思いがけない依頼に晶彦は赤くなり、ますます放心状態になっていく。皆の手前、何て言って良いものか？　自分だけ由布子の所へ行くこともはばかられ、言葉が出て来ない。それに、自分より成績は上と晶彦自身思っているだけに…。ましてや二人きりで彼女が側にいると、アガってしまい平常心でなくなってしまう。彼女に会いたい思いで来たのに…二人きりになりたいくせに…錯乱状態である。戸惑っている晶彦を見て、ニコニコしながら母娘は出て行った。

〈ああ…なんてことや…〉

母娘は外に出て、由布子は不満を言った。

「中さんったら…なぜ来てくれないのかしら？　きまりが悪かったわ」

「きっと恥ずかしくって照れてるのよ。真っ赤になってたわね」

「私だって恥ずかしいのよ」

「男の子ってあんなものよ。女の子のことに勇気が無くって…それに、他の人もいたし」

その後、五目並べをしていても、四人の口数は少なくなり、何か重苦しい雰囲気になった。一時間ほど経って、四人は宿直室を出た。サダちゃんは家に帰り、三人になった。歩きながら、仲間の一人が羨ましそうに言った。

「女は自分より頭の良い男に惚れるのかな?…」

すると、すかさず他の一人が言った。

「中は華奢過ぎる」

普通本人に言う言葉でない。相手が由布子でなければこんな言葉は出なかっただろうし、由布子の相手は映画の主人公のように格好良い男であって、二人は釣り合わないと決めつけているかのように思い、晶彦は腹立しかった。そして晶彦は、彼らもまた彼女に思いを寄せていることを痛感した。

歩きながら、それとなしに彼女を探したが、もういないようだった。後で冷静になって考えてみると、男子が四人いる中で晶彦一人を指名した。晶彦を呼んでこっそり言うのではなく、二人の仲を認めるように公然と言ったのである。高校入学式の日、駅で会って言ったことも愛想ではなく、本心だったのである。

躾に厳しいと聞いている由布子の母親だが、今までの晶彦への接し方から、晶彦にはまるでそれが感じられない。〈もしかして特別な存在？　そうでなくても、少なくとも心が許され信頼されているのではないか〉そう思うと嬉しかった。

それにしても、これまでのことを考えると、〈女子の方が積極的に行動するし、勇気があるな。…自分はと言えば、せっかく二人きりになるチャンスが舞い込んだのに…。皆の手前などと考える必要はなかったのだ〉と晶彦は後悔した。

〈でも、アガってしまうやろな…解ける問題も解けなくなってしまう…いつまでもこんなことではあかんのやけど…〉心中あれこれと渦を巻いていた。

いくじ無き　切なき心《むね》の　やるせなさ
　君から愛《め》で手　伸べくれたるに

二、懐かしい教室

六月も終わりに近づいた日曜の午後、晶彦はサダちゃんと母校の中学校にいた。そこへ由布子と麗子が現れた。全くの偶然である。由布子が母校に来るということは、由布子の母が教師という理由もあるが、お互い、そこへ行けば会えるかも知れないという期待感があったのだ。

彼女たちは白の半袖ブラウス、セーラー服のスカート、白の三つ折りソックスを身に着けて、二人とも清楚な服装が感じ良い。その清楚さが一層瑞々しい乙女らしさを漂わせている。ますます美しくなった二人を目の前にして、彼女たちとどのように対応したらよいものか、特に由布子と目が合うと、今でもまだ平常心を失い、晶彦の脳は普通ではなくなってしまう。

「中さん卓球部入ったの？」由布子が聞いた。

「入るのやめた」

「なぜ？」

「一年生は球拾いと聞いて」

「初めは何でもそうじゃない」

「球拾いしたって上達しないし、ためにならない。無駄なことは時間の浪費や。無駄なことはしたくない」

「中さんらしい理屈ね。で、他のクラブは？」

「級友に誘われ、山岳部へ、少しの間顔を出した」

「あら、えらい方向転換ね。でも少しの間って？」

「これもやめた」

「なぜ？」

「言うのも恥ずかしいけれど、トレーニングのためのランニングで先輩に付いて行ったら、大宮百合子さんが通う女学園が見下ろせる小高い山やった。そこでザイルの使い方など練習するんや。それも、そこを故意に選んだようで、先輩が得意そうに言うんや」

「まあ…」

サダちゃんと女子二人は笑って、

「でも、男の人って、興味あるんじゃない？」麗子が言った。

「盗み見るのは良くない、彼女たちに悪い。コソコソするのは自分も惨めや。こうして目の前で見ることも出来るんだし」

言ってしまって晶彦は赤くなった。照れ隠しに続けて話した。

「でも部員が少ないから、この三年間のうち、一度は秋の高校総体に参加させてもらうことにしている。鈴鹿の山に登ってみたいし、本式のキャンプファイヤーにも参加できるから」

「ふーん」

高校総体の一環として、県内の男女高校山岳部は、その年の目的山地に結集して登山を行う。晶彦の通う高校も毎年参加していた。

「一度聞こうと思ってたの。いつもカバンは膨らんで重そうだけれど、何入っているの？」麗子が聞いた。

「興味ある？」

「ええ」

「女性の本」晶彦はふざけて答えた。

女性のあらわな姿を掲載した雑誌を、高校生が列車の中で開けているのを時々見かける。彼女たちもそのシーンを見ているに違いない。そう思ったからである。

「まあ…でも、中さんの学校の人全部？」

「冗談、冗談。工業高校は専門科目が加わるから授業が多くなるんや。一日七時間の時もある」

「えーっ」

「普通校が羨ましい。な、サダちゃん」

サダちゃんは別の工業高校へ通っている。

「そうや」

「その上、製図や工作実習の授業があると、製図用具や作業服が必要で、余計荷物が増える。体育など重なれば堪らない」

「そうなの」由布子が言った。

「その代わり、美術や音楽が無い」サダちゃんが言った。

「殺風景や。心というか、文化的な授業が無い。女子もいない」

「女子がいる方が良いの？」不満そうに由布子が晶彦を見た。

「いや…」晶彦が戸惑っていると、麗子が聞いてきた。

「中さんは女の子と付き合わないの？」

突然の思いがけない問い掛けに晶彦は返事に困り、「面倒くさい」と心にもない言葉が出た。

すかさず由布子が言う。

「一生独身のつもり？」

「それは寂しい」と、心が定まらないまま答えた。

でも、〈女の子ではなく、由布子ちゃんと付き合わないのと、麗子はなぜ言わないのか？　二人のことを知っているくせに…〉そう思い、余計戸惑ったのである。

口にこそ出さないが由布子とは心は繋がっているはずで、お互い求めているからこそ、こうした機会が持てている。この心の繋がりも付き合っていることだと思っている。そしてこの繋がりを大切にしている。それ故、晶彦には言葉の意味がすぐには理解出来なかった。彼女たちも好き合っていることは認めている。しかし、それだけでは付き合っているとは認めてくれていないのかも知れない。そう思った。文通するわけでなく、デートもしていない。晶彦は由布子とデートをしたい。それが言えなくて悩んでいる。その胸をトンと突かれ、催促されたのである。しかし、そのことに晶彦は気が付かない。真っ赤になっている晶彦を見て、麗子は少しからかうように言った。

「うふふ…この中で男女共学は由布子ちゃんだけやね？　男子の方が多いんかな？　同じ学校に素敵な男の人いるんじゃない？　由布子ちゃんはモテルし…」

「私、同じ学校の男の人、全然興味ないの」とキッパリ由布子は言い切った。

「私には晶彦さんがいる」と言う代わり出た言葉だと解釈し、晶彦は嬉しかった。

由布子の通う高校は、県内の中学校からトップクラスの優秀な生徒が集まって来るハイクラスの進学校で、大抵は有名大学を目指している。そして名士や裕福な家庭の者も多い。その上、女子より男子の方が多く、由布子に思いを寄せる男子も少なくない。美しくモテる由布子にとっては選り取り出来る場でもあるが、由布子の心には晶彦しかいなかったのである。

窓越しに花壇を見て由布子が言った。

「紫陽花が綺麗に咲いてる」

「ほんと、綺麗…花詞知っている？」麗子が言った。

「移り気…他にもあるらしいけど…」サダちゃんが答えた。

「よう知ってるな?」晶彦が言った。

「もしかして、ロマンチストかしら?」由布子がからかった。

「漫才で聞いたんや」照れ隠しでサダちゃんはユーモアに答えた。

「なーんだ、雰囲気壊すな」麗子が笑った。

「女心と紫陽花の花か…」晶彦が冗談ぽく言った。

「あら、男心でしょう?」由布子が晶彦を睨んで言った。

目をそらせて晶彦は言う。

「新校舎が大分建ってきたけれど、まだこの教室残っていて良かったなあ?」

「ええ、このまま残しておいて欲しいわね」

「思い出一杯やもんな。ここ、僕の席や。サダちゃんがここ」

「ここが私の席」

「懐かしいな」

「もう一度戻りたい」

「うん、楽しかった。でも、無情にも卒業が近づいて来るし、近づくにつれ、辛さも強くなって、卒業の日は言いようもなく、悲しく、辛かった。そして、時よ止まれ、時よ止まれ、と何度も何度も思った」

晶彦の心は当時のまんまである。

「私もそう思ったわ」由布子も当時の世界にいる。

「私もこのクラスだったら、楽しかったのになー」

当時、別のクラスだった麗子が二人の会話の中に入った。三人はうなずくように微笑んだ。

「でも、一緒でなくて良かったのかな」

晶彦と由布子を見て麗子が言った。この会話の中にはサダちゃんは入りづらそうにしている。その様子を見て、由布子が言った。

「サダちゃんも、中さんぐらい日焼けしなきゃ駄目よ」

「俺、中と同じくらい外に出ているけど焼けないいんや。なあ」

と、晶彦の方を見た。晶彦はうなずいた。

「二人は白いな?」女子二人を見てサダちゃんが言った。

「女の子の肌は白い方が好きや」晶彦が言った。

「白人女性が良いの?」由布子が聞いた。

「僕は日本女性が良い」

「なぜ?」

「そんなの、理屈など無いよ」

君が良いと言いたかったのである。晶彦にとって、女の子は彼女一人しかいない。心は由布子で埋め尽くされていた。

由布子と麗子は教科書を持ってきていた。手提げ袋から見えている。話題がなくなれば教科書を出すつもりなのだろう。晶彦にしてみれば、美人二人に挟まれたら、とんでもないことになるに違いなかった。

帰る途中に思い出した。

「あっ、忘れてた」晶彦は由布子にピアノを聞かせてもらうつもりでいたのだ。ともかく心は尋常でない。

それにしても、「中さんは女の子と付き合わないの?」「一生独身のつもり?」そう聞かれた時、どう答えたらよかったのだろう。中学校の時、三クラス合わせても、由布子と麗子は一際目立って綺麗だった。今、通学している列車でも二人は目立つ。目の前にいるその二人からの問いかけであった。もし、あの時、「付き合ってくれる?」とか、「将来僕のお嫁さんにならないか?」と冗談交じりにでも、そう言えたなら、悪い返事は帰って来なかったかも知れない。このような話題が持ち上がる機会は滅多に無い。いや、もう無いかも知れない。そう思うと、あの時に機転が働かなかったことが悔しくて残念に思う。そんな心中でありながら、これまでのことから、言わなくても分かっているだろうという慰めとも思える思い上がった期待も湧いていた。

これほど思っていても、「君とデートしたい」と言えない理由が他にもあった。由布子の母親から彼女の心を聞いてはいるものの、周囲から釣り合わないと思われているように、晶彦にとっては今でも彼女はお姫様で、高嶺の花なのである。しかし、今、手を伸ばせば届く距離にいる。この二つの思いが交錯していた。それに女の子との付き合い方を知らないから、不安なのだ。

女の子とは、幼い頃から従姉たちや近所の女の子たちと幼児の遊び、川での魚取り、水遊び、山での椎の実拾い、茸狩り、野いちご採り…など、そして、由布子、麗子と雲出川の河原で遊んだことぐらいで、思春期になってからは従妹以外、女の子との付き合いが無い。二人きりになって、どこへ連れて行って、何をして、何を話すのか。街での遊び方も知らない。好きな女の子とのデートは特別なもの、会話も特別なものと思い込んでいるのである。

スポーツをしたり、かつて約束した写生をしたり、勝手知ったる野、山、川のロケーションで遊ぶこと、そして「数学教えて」と由布子の誘いがあったように、二人で学習する。これは高校生にとって最高のデートの形かも知れないのに、教えるという言葉が前に出てしまい、気楽に二人で学習することもデートの一つの形であることに気が付かない。ともに学習するとしても、女の子としては、どうしても「教えて」

という言い方の方が可愛い、このことにも気が付かない。そういう思考の中、デートとなると少なくとも資金も要るが、全く持っていない。こんな風に晶彦の心の中は混乱しているのである。

ちなみに、この地方では新聞配達も大人がしている有様で、子供の現金収入になるアルバイトは皆無。通学に時間が掛かり、街での時間の余裕が無いし、短時間のアルバイトは見つからない。このことはクラブ活動の出来にくい大きな理由にもなっている。三時間でもクラブ活動しようものなら、帰宅は八時を回る。家族は皆、毎朝五時に役場のサイレンで起きるから、遅くても十時には寝ている。体が丈夫でない晶彦にとって、とても毎日は続かない。

小学校時代、わずかながら小遣い稼ぎをしていた養兎も、今は需要が無く、その分の小遣いもない。最近まで、隣近所のラジオ、柱時計、そして電気や機械製品などが故障した時、晶彦は修理をしていた。たまにお礼として、わずかな小遣い銭が手に入ることもあったが、裕福な家にしかなかったテレビが一般農家にも普及し始め、ラジオ修理の依頼は無くなったり、他の電気製品の故障が減ったこともあって、その修理の用事も無くなった。

兄猛や姉幸恵から小遣いをもらえたが、学校の費用や学用品にも使う。そして多少小遣いに回るものの、時には家のことにも消えてしまう。父親の仕事が少ない時や現金収入の無い時など、学校の月謝、電車の定期代さえも母親が時々他家へ借金に行っていた。晶彦はそういう現実を見ている。

結局、母校の中学校に行けば会えるかも知れないと暗黙のうちに、お互い強い期待を持っているのである。期待は現実になることも幾度かあった。

母校の教師も何も言わない。

「一生独身のつもり？」由布子が言ったことを何度も思い出していた。

そのうちに、〈これは結婚ということを意識している女の子として、必然的に出た言葉ではないのだろうか？〉そう思ったりもして、何度も胸が熱くなった。

一方由布子は家に帰って、

「お母ちゃん、中さんがね、女の人と付き合うの面倒くさいと言うんやに…」

母親は微笑んで言った。

「照れているんや…」

「そうかな？」

由布子の思案気な表情を見て、母親は微笑んでいた。

三、夫婦気取り

夏休みに入って、蝉時雨のトーンがますます激しさを増す中、昼食後、晶彦は横になった。

暑い、暑いと思いながら、いつしか微睡んで、夢と現実の狭間にいた。そんな中、戸が開く音がした。

「郵便です」と、言ったような気配がした。

自分が呼ばれたような気がして、促されるように玄関に行くと、一通の淡い花柄葉書が置かれていた。

微睡みが覚めきらないまま、由布子の文字が飛び込んできた。

〈夢?…いや、違う〉

一瞬にして目が覚め、体が硬直し、激しい蝉時雨も聞こえないほど興奮状態になった。そして文字を追った。

暑中見舞いと近況、それに、「クラス会をしませんか?」との問いかけが、たおやかな女文字で綺麗に書かれていた。卒業する時に、幹事等世話役は何も決めていなかったのだけれど、由布子が会う機会を作ってくれたような気がした。

　あつい午後　まどろみを覚く　戸の音に
　　淡花柄の　ときめきの文

早速、返書を書いた。

わずかな文面でも、何度も何度も下書きした。それでも由布子に比べると、なんと下手で汚いことか。〈文も字も…あ〜あ、『我が文見れば返書恥ずかし』か…〉と落ち込んだ。

数日後の午後、母校の教室で四人で会った。各クラスでするものと思い込み、晶彦はサダちゃんを誘った。由布子は麗子を誘っていた。麗子は別のクラスであるため、三クラス合同になる。

「一年生の時、中さんと私、同じクラスやったね」麗子が言った。

「うん」

「でも、話したことなかった…」

「入学早々僕はイジメにあった」

「そんなこともあったね」

「後頭部の、大きなデキモノが化膿して、後ろの席の者が気持ち悪がり、特に弁当の時など大騒ぎ…それがきっかけで、何かにつけ、イジメの対象になった。気心が分からないし、多くの怖そうな者に取り囲まれて恐ろしかった。誰も助けてくれないしな」

「授業中も中さん、よくやり玉にされたね」

「執拗なイジメやった。でも、良く覚えているな。僕の惨めなところを」

「結構、存在感があったから…」

「目立たないよう、おとなしく静かにしていたのに…」

「先生からもよく指名されたね」

「うん、困ったことが多かった。国語の時間にも、セドリックとメリーの役に当てられ、読み合わせした時、メリー役の女の子の問いかけに、『なあに？　メリー』って読む時があって、結果、クラス中が大騒ぎ。先生までも…。教科書通りなのに…」

「印象に残っているわ…感情が入っていたから…」と言って笑う。

「笑いごとじゃないよ…英語のジャック&ベティーの時も偶然同じ二人が指名されて…」

「そうね、その後、その彼女とからかわれていたことも…」

「授業だから真剣に読んだだけなのに」

「何かにつけ、騒ぎの元になったね。でも、よく指名される二人のこと、私、羨ましかったんよ…これは私だけじゃないと思うけど…そういうことからも、中さんに妬みが集中したのかも知れないわ」

「僕は授業中しっかり聞いている方だから、邪魔されて困った。家でするのが嫌だから…二度手間になるし…それに、色々な検査、試験の時なんかも落ち着かなかった…そんなことが一学期中続いたかな?…辛かった」

「知らなかった」サダちゃんが言った。

静かに聞いていた由布子も同調した。

「私も知らなかった…。でも、私と同じクラスの時はそんな雰囲気じゃなかったのに…」

「入学した当時は異常やった。僕に対応力が無かったからだろうけど、でも、少しずつ彼等の各々に対応した結果、大方は二学期から親しみを持ってくれるようになって、後はクラスが変わってからも気楽に過ごせた」

「二年生の時は気楽過ぎたんじゃないの…」サダちゃんが言った。

「ああ、サダちゃんがいてくれて…」

「すぐ気が合ったな」

「うん。気楽過ぎても問題あったんや。…職員室へ出席簿持って行った時、先生方が寄ってたかって僕を攻撃するんや。『この頃、少しも勉強しない』って…中でも一番堪えたのは、一言も発言せず、僕の顔を終始見つめていた国語の先生。…今でもあの時の顔覚えているよ」

「中は色々あるんやな。僕にはそんなこと一度も無いよ」

「無い方が良いよ」

「でも、中さん国語の先生と仲良かったんじゃない？」由布子が言った。

「うん、尊敬していた。あの後、悔しかったから、先生方に無言で一矢ずつ報いた」

「何したの？」興味深そうに麗子が問うた。

「試験の点数」

「中さんはそれが出来るから良いわ」

少し間をおいてから、由布子と麗子を見て晶彦は言った。

「騒ぎの元と言えば、お二人さんや。男子に人気あるぞ。…中学校の時も、今の通学も…」

「本当？」

「分かっているくせに…」

「まあ」

女子二人が晶彦を睨んだ。外を見ながらサダちゃんが言った。

「蝉の声凄いな」

「短い命、必死で相手を見つけ、恋しているのよ」由布子が言った。

「でも、短命過ぎる…」晶彦が溜息をついた。

「ね、ね、中さん、何かペット飼っているの？」麗子が聞いた。

「二、三日前、そのことで悲しいことがあったんや」

「何があったの？」

「メジロを飼ってたんやけど、高等学校へ通いだして、通学に時間が掛かるため、すり餌を作ったり、糞掃除の世話が出来なくなったので放してやった。そうしたら元気良く飛び立って行った。でも、十日ほどして綺麗な声がしたので、外を見ると、そのメジロが近くの木々を飛び回っていたんや。見ていると、とうとう僕の近くにあった元の鳥籠に入ってしまった。外に餌が無かったのか、ここの住み心地が良いのか、僕に会いに来たのか、籠の入り口を開けっ放しにしてあるから、自由に出入りしていた。また餌を入れてやった。それにしても籠の中ばかりにいて、この場所を良く覚えていたものやと思った」

「それがなぜ悲しいの？　楽しいことじゃない」麗子が聞いた。

「近くに住んでいる幼なじみが欲しいと言うから、彼に託したら一日と持たず、多分百舌にだと思うけど、殺されてしまった。僕を頼って戻って来たのに可愛そうなことをした。懐《なつ》いていただけに悲しかった。今、悔やんでいる。やはり、僕の元で暮らすメジロだったんだと、つくづく思った」

晶彦は由布子を見ながら言った。由布子は晶彦の目を見て、そして、瞬きをして言った。

「そんなに慣れていたの？……可哀相に……」

「他にも僕に慣れた猫がいる。僕が色々悪戯するから嫌がるが、寝る時は僕の布団に来る。冬はかまどで灰だらけになって、顔のところから入ってくるから、くしゃみが出る」

「布団は灰だらけでしょう」

「うん」

「お母さん大変ね」

「そうやな」

「時折、あの長い口髭や体の毛が焦げて、縮れている時もある」

「熱いでしょうね」

笑いながら言う。

「そりゃビックリして、飛び出すんやろな」

「可哀相に」

「でも猫は面白い。川へ釣りに行った僕が帰って来る足音を聞くと、家の中にいても飛び出して来る」

「当たり。お目当てでしょう?」

「お魚がお嫁さん貰っても、そんなだったら悲しいな」

由布子と麗子は吹き出す。

「ああ、可笑しい。中学三年生の教室風景思い出すわ」と由布子が言った。

「そばえたりしないの?」と麗子が問うた。

「子猫の時はよくそばえたが、今は相手をしてくれない。自分に用がある時は寄ってくるが、僕が用ある時は寄ってこない」

「可愛くないのね」

「それが猫らしい」

「ふーん」

「でも、ネズミを捕った時は見せに来て、僕の前でもてあそんだ上、食べてしまう。お産の時は朝から騒がしい。それに僕を呼びに来る。ついて行くと天井裏が多い」

「心細いのね、きっと。中さんを旦那様と思っているのよ」

そう言って由布子がからかって笑う。

「あ〜あ、とうとう僕のお嫁さんは、猫にされてしもうた」

四人は笑った。そして一呼吸おいて晶彦は言った。

「それにな、夕刻になると近所の犬が遊びに来る。僕が勝手に付けた名前がシロというんや。シロ来い！と呼ぶと、タッタッタッと走って来る。僕が家の中におると、クークー鳴いて僕を呼ぶんや。そして一時僕と相撲などして、じゃれて帰って行く。餌を与えたりしないのに、本当に嬉しそうにしている。その間、猫はお尻を上げ、警戒して見ている。僕がいない時、シロは張り合いなさそうに帰って行くらしい」

「良いお友達がいて、楽しいね」由布子は言った。

「うん」

「中さん、動物好きなんやね」麗子が言った。

「ああ。猫なんか、僕が養子に行く時、『長持ちに一杯猫を入れてやる』と言って婆ちゃんが笑うんや」

四人は笑った。

「中さん養子に行くの？」由布子が聞いた。

「次男だから、年寄りはそう思い込んでいるのや」

「そうそう、お嫁さんと言えば、水野春江さん、結婚したらしいわね。それに、お腹の中に赤ちゃんいるみたいよ」

麗子が言った。

「そう？　お相手は同級生？」由布子が問うた。

「違うみたい」

「でも、早いな。十五、十六歳？　それに赤ちゃんも…」サダちゃんが言った。

「女はねっ」麗子が言った。

「以前、中さんが話してた雪姫様だって…」由布子が言った。

「今の僕たちの年代の男は甲斐性が無いということか」

そう言って晶彦は赤くなった。その表情を笑みを浮かべながら由布子と麗子が見ていたから、その赤さが増し、意識するから更に増した。

「まあ綺麗」

外を見た麗子が助け船を出した形になった。

「ほんまや」四人は集まって注目した。

葉や枝で生い茂った真木の空間に宿り、これまで校舎の日陰になっていた暗所の朝顔へ、窓ガラスで反射した陽光が射し込み、真白地のラッパ状花冠の外辺を、紫色の液に浸して染めたような、薄い花弁の一輪が清々しく開花していた。いつの間に降ったのか、花びらや葉に付いた水玉も輝き、生き生きとして、ちょうどスポットライトを当てたように映えている。

「美しいな…でも、蝉と同じように短命で儚い…」晶彦が言った。

「だから、花詞は儚い恋」由布子が言った。

「短命で、儚いが故、よけい美しいのかな…」

朝顔を見ながら晶彦は独り言のようにつぶやいた。しかし、この時何か言いた気な由布子の視線には気付かなかった。

「休み中、何するの？」由布子は晶彦に問うた。

「夏休みは農作業の手伝いも少ないから、川遊びやスポーツ。それに学校の図書室で何冊か借りてきたから、本を読むつもりや」

〔ついでまでに、小学校までは農繁休みがあった。田植と秋の刈り入れ時期に、一週間ほど午後を休みにして家の手伝いをする。低学年も田畑に入る。短期に多くの人手が必要で、特に人海戦術的な田植えなどは近所で手助けし合いながら、綱を張って一列に並び、綱の間隔の印の位置に一斉に苗を植えてゆくのである。しかし、この地方では晶彦が中学校に入った頃から農繁休みは無くなっていた。〕

「何の本？」

「物理学…結構良い本があるんや」

「相変わらずやね。でも、難しいんでしょう？」

「習っていない色々な数学が出てきたりして、難しくって理解するのに時間は掛かるけど、好きやからな」

「中さんらしいわ。それに機械科は理数の科目が多いんでしょう?」

「うん。力学もあるしね」

「あれって、難しいと聞いているわ」

「理屈で進んで行くから、僕には向いてそうや」

「私、まだ習っていないけれど、数学に微分、積分なんて、とっても難しいのあるんだってね」

「うん。力学には必須やな」

「それって、どういう数学?」

二人の会話の中に麗子が入った。

「えーっと、そうやな…」

晶彦は何かを見つけたように、ニコッとして、

「例えば、猿を積分したら人になる。人を微分したら猿になるって具合かな」

「なに、なに、そんなことって?」

「冗談、冗談。そのうち、習うよ。こんな悪い冗談あかんな」

由布子は可笑しそうに見ている。そうして言った。

「あっ、そうそう数学教えてね。逃げないで」

「私も」麗子が言った。

「それは困った」晶彦は頭に手を置いた。

「なぜ？」と二人がほぼ同時に聞く。

「恥ずかしい…上がってしまう…」

「まあ…」二人は顔を見合わすように笑った。晶彦は話をそらせるように、

「そうだ、クラス会のこと決めなけりゃ」

　四人にはクラス会で何をして良いのか分からないまま、茶話会程度を想像して、会費、日時、場所、等を決めた。遠方に就職している者もいるから、他の在郷者にも応援を頼み、全員の実家に口頭で伝えることにした。何人集まるか分からないから、ジュースや駄菓子は当日近くの商店で調達出来るように、彼女たちが手配することでまとまった。


　盆休み、クラス会の当日。参加者は百名近くいるだろうか、思っていた以上に集まった。場所はまだ潰さないで残っている母校の家庭科用和室を借りていた。皆が中心を向く格好で周囲に座った。参加者が手伝い合って、駄菓子やジュースの分配も済んだ。幹事役の四人もそれぞれ参加者の中に点在して座っていた。あちこちで話し声が聞こえる中、会を始めるためには何かが必要な雰囲気になった時、別の場所にいた由布子が、身を屈め、小走りに晶彦の所へ寄って行って耳打ちした。

「何か挨拶した方が良いんじゃない？」

晶彦は目でうなずいた。

その時、「よっ！　夫婦気取り！」と、一人がからかった。二人の様子がそのように見えたのかも知れない。この一言で静まり返った。そして皆の視線が二人に注目し、あちこちでざわめきが起こった。

由布子にとって嬉しい言葉である。好意的に聞こえたならば、声の方向へいつもの和やかな表情を返していたであろう。しかし、由布子は何も言わず、表情も変えなかった。たとえ悪ふざけであるにせよ、晶彦にとっても思いがけない嬉しい言葉には違いない。しかし、これに応じて笑い飛ばし返せる言葉さえ出てこなかった。大勢の前で由布子が耳打ちしただけでも、のぼせているのに、この出来事で完全に我を失い、とっさの判断や挨拶内容を思いつくこともなく、頭の中は真っ白になった。由布子は元いた席に戻った。再び静まり返って、挨拶を待つかのように視線が晶彦に集中した。

「えーっと、今日は集まってくれてありがとう。今からクラス会を始めます。皆が集まる機会を作りました。久しぶりに会った友と、くつろいで、自由に語り合って下さい」

晶彦はくそ真面目に言った。それだけ言うのが精一杯だった。この挨拶に出席者や本人でさえも物足りなさを感じた。最低限、進行役や幹事の紹介、今日の内容、進行スケジュールなど、この挨拶の中へ入れなければならなかった。そして雰囲気や親しみを盛り上げたり、普段のユーモアも無く、言葉足らずの味気ないものになってしまった。

内容を話すにしても、これらのことや最も肝心なリーダーなど、何も決めていなかったのである。リーダーを決めていなかったものの、由布子はとっさの判断で晶彦を頼り、彼を立てたことから、晶彦と由布子が注目され、中学校当時の先入観も働いて、結局、参加者も晶彦がリーダーと思ってしまったのである。しかし、晶彦はそれに応えられなかった。何も決めていないから、思い思いの語らいや、ソフトボール等、スポーツをして、成り行きで過ごすことになった。

催した四人誰もが、多人数集合した時の対応、接待等の経験や知識が全く無く、それに加え、無知が故、先輩に助言を請うことや、担任教師の招待さえも頭になかった。そしてこのようなことに機転が利く、言い換えれば普段から人の前に立って皆を引っ張っていこうという者もいなかった。ただ集う機会を用意したにすぎなかった。そしてカメラは高価なため、一般的に所有している者は少ないとはいうものの、記念撮影の手配もなく、終わりに晶彦がした挨拶も、締め括りとして様にならなかった。

晶彦にとって、四人が相談した当日も、由布子に会える幸せ、そして、ただ由布子のことだけで頭を占め、一番肝心な内容をあまり考えなかった。それだけに、せっかく集まってくれた同窓生に申し訳なく、強い自責の念に駆られた。

かつて、同じ高校に通う菊池がこんなことを言っていた。

「俺は小中学校を合わせ、九年間同じ学校だったのに、一度も牧村と同じクラスになったことがない。おまえは三年間のうち、一年間同じクラスになって、誰よりも親しくなった。羨ましい」

晶彦は彼と同じクラスになったことはない。それに彼女のことを喋ったこともない。クラスこそ違っていたが、仲の良い彼でも、彼女のことを、このように言う。

そして、「夫婦気取り」と言ったのは、中学校卒業間近に校舎の裏へ晶彦を誘い出し、理由も言わずに腹部を殴った奴である。この一言で晶彦は彼が殴った理由が分かった気がした。そんなことを考えると、晶彦と由布子が二人してクラス会などを催すなんて、男子の誰もが良い気がしないのではないかとも思った。

それにしても人を集め、催し物をし、喜んでもらうことは大変なことだと思い知った。初めてとはいえ、全てが大失態の苦い経験になった。

普通どんな状況であっても、とっさに、それなりの考えは浮かぶものである。しかし、何も浮かばなかった。改まった席の挨拶や宴会のリーダーには向いてないのだと、自分の無能さを思い知った。この時の晶彦には、それだけの器量が無かったのである。

この出来事や今までのことを考えると、自分には一人で静かに思索する方が向いているのではないか、そう思うようになった。

クラス会　夫婦気取りと　からかわれ
　　　　我を忘れて　十六の夏

月日が経ち、正月のクラス会は別のメンバーの幹事が催した。

参加者は前もって往復葉書で出欠をとり、人数が確認された。前回の半数以下に減った。〈初回のせいなのか？〉と晶彦は思った。挨拶、進行もよく考えられていて、ゲームやフォークダンスも組み入れ、内容は充実していた。しかし、男女共学以外の者や就職した者にとって踊れるフォークダンスは少なく、輪の中に入れなかった。それにビッシリと組まれたスケジュール通り淡々と進み、話し合いの場の余裕が無いように感じた。

よく考えられた集まりであっても、中学校までのように、参加者全員が共通の場で生活していないと、ゲームやダンス等、誰もが全て輪の中に入れないことや場の作り方の難しさも感じた。そして工業高校は専門科目の実習も多く、日々淡々と過ぎ、他に何もない味気なさ…やはり共学の高校は楽しく過ごしている現実を目の前にして、男女が均等にいない学校の不自然さをも思った。

学校の帰り、電車の中で岸本と会って、駅から自転車を並べ、話しながら家に向かった。

「彼女とどうなっている？」晶彦が聞いた。

「彼女？」

「田代由美子さんのことや」

「あれっきりや」

「せっかく会いに行ったくせに。あの時の気持ちどうなったんや。彼女、喜んでいたのに…可哀相じゃないか…」

「うん…」

岸本は話したがらない。晶彦には思いもよらないことである。そして、少し沈黙した後、話し始めた。

「この前、牧村と話す機会があったんやけど、おまえのことを良い人やと言っていた。よくおまえの名が出るんや。好きなんやな」

晶彦は黙っていた。普段から晶彦は岸本にも由布子のことを滅多に話さない。

「おまえのこと、どうするつもりやろな？」

やはり親友の岸本でさえも、二人のことは、彼女の心次第、彼女に主導権があると決めつけ、二人は釣り合わないと思っている。そして、彼もまた由布子を好いている雰囲気を感じとった。男子なら誰もが思いを寄せる。それほど彼女の魅力は絶対的であるとは言え、田代由美子のこともある。晶彦は信頼しているこの岸本に不快感を持った。それにしても、彼女の心次第であることは晶彦自身も内心自覚していて、大きな悩みの一つでもあった。

家から最寄り駅までの通学路は、片道六キロメートルほどだが、山中が多く、坂が多い上、無舗装で悪路のため、急いでも四十分以上は掛かる。雨の日はより以上に掛かる。電車の乗車時間は五十分ほどで、最寄り駅発のため、指定席のような所へ座れる。晶彦の周囲は毎日同じ顔ぶれで、その中に岸本や恵比須さんもいる。そして、それぞれ通う学校の最寄り駅で下車する。晶彦は下車後十五分ほど歩いて学校に着く。始業は八時半であるから、六時半には家を出なければならない。

自転車に乗って立ってペダルに力を入れた刹那、チェーンが切れ、フレームのパイプに股の骨を強打し、激痛に苦しむことも度々ある。そして空気漏れやパンク、それに軸受けやブレーキなどの故障も多い。いくら手入れして丁寧に乗っても、道が悪く、振動や泥の付着も加勢して、傷みや故障は避けられないばかりか、乗る本人の尻も痛い。そしてこれらのハプニングが起きると遅刻も余儀なくされる。ともかく通学だけで疲れてしまう。そんなこともあってこの頃から、就職したら会社の近くに住むと決めていた。

この道を近所の者は通勤者を含め、バイクを使っている者が多い。自転車は晶彦を含めた数人の男子と数少ない女子である。そのため、途中で出会う一級上の綺麗な女子と並んで話しながら通うこともしばしばある。

坂道に差し掛かって、自転車から降りて話し始める。

「帰りが遅くなった時、特に雨の日は困るな。歩いて登らなければならない坂道の近くに墓がある。それも二カ所あるもんな、気持ちが悪い。登りきって自転車に乗るが早いか、早く通り過ぎようと急いでペダルを踏む。それでも何か追ってくるような気がして…」

そう晶彦が言うと、「私ならともかく、男のくせに」と彼女は笑う。

ある日、この道を晶彦は恵比須さんと横に並んで話しながら、ゆっくりとペダルを踏んでいた。前方から自転車に乗った数人の女子中学生が、和やかに会話をしながら向かってきた。双方とも会話を止め、一列になってすれ違った。彼女たちは緊張した表情である。

村ごとに分かれていた中学校は統一されて、かつて晶彦が通っていた場所に新築され、今はその校舎へ通っている。彼女たちはその下校途中で、皆、揃いのセーラー服姿で、指定のヘルメットを被っていた。晶彦たちはたまたま帰りが早く、出くわしたもので、珍しいことである。再び横に並んで、恵比須さんが言った。

「見たか？　あの中に美しい子いたやろ」

「うん」

「あの子の母親、ミス近鉄や」

「ヘエー、そうか。よく知っているなー」

「ちょっとな」

「隣村の歳違いの子まで知っているなんて、情報通やな」

おとなしい彼が知っているのは意外だった。

「そうでもない、たまたまや」

「僕なんか、同級か、近所のことしか分からんわ。それで、あの子好きなんか？」

「そんなわけないやろ、分かっているくせに」

「すまん」

「それにしても、変わったな」

「何が？」

「僕らの頃は女の子の制服、まちまちやったろう…今は統一されている。それに、あの頃無かったヘルメットも…」

「そういえば、そうや。セーラー服の生地や色やデザイン、それにスカーフも人によって多少色が違っていたな。…あの、あの子もスカーフの形や胸元もさりげのうオシャレしていたみたいや。品も良く、感じ良かった」

「あの子って、牧村さんのことか」

「うん」

「やっぱり、よく見てるな。御馳走さん」

「そういうわけじゃ…。でも、もし制服を統一していたら、僕なんか職員室に呼ばれていたやろな」

「なんでや?」

「ツートン・カラーのズボン」

二人は笑った。


こんな山道にも晶彦には楽しみがあった。

竹林の清々しさ、雑木林の芽吹き、生い茂った緑、紅葉や落葉、れんげや秋桜など の草花、そして風に揺れながら陽光に映え、金色に輝くススキの穂、更には雑木林の葉が落ちて幹や枝ばかりの凛とした冬の厳しさや、スッキリした空間…それらを感じられるのも山道を通っているからなのだ。

四、乙女の心？

冬、春と月日が経ち二年生の初夏になった。

津新町の駅で、朝、降車時に由布子は晶彦に声をかけた。

「おはよう」

「あっ、おはよう」

「ハイキングに行ったそうね」

「うん」

「皆、楽しかったって。女の子が中さんのことを〝楽しい人〟だって言ってたわ」

「そう…」

このハイキングで、晶彦は喜劇的な馬鹿げた冗談を連発して、皆を笑わせていたことを思い出した。

「誘われたんや。きっと、君も来るものと期待してたんやけど…」

「ありがとう」

晶彦と岸本は何かにつけ、あちこちのグループに誘われ、よく顔を出していた。由布子は誘われても断ったのかも知れないと思った。

「ねっ、私たちも行こう。ねっ」由布子は楽し気に言った。

「うん」晶彦の心も弾んだ。

由布子が何か話そうとした時、それぞれに校友が寄ってきた。

「また後で相談。…ねっ」

「うん」

「では…また…」

「ああ」

それぞれの学校へ向かった。

晶彦は飛び上がらんばかりに嬉しかった。今度は由布子と行ける。由布子から誘ってくれた。嬉しさが全身を熱くした。

数日前、名松線で松阪方面に通っている中学校時の同級生グループに誘われ、青山高原へ登ったのである。

晶彦とは路線が違うため、一部の男子を除き、会うことは稀な女子の方が多い二十人ほどのメンバーだった。晶彦はこの時に誘ってくれた一人に声をかけた。それから数日経って、晶彦も由布子も知らない間に、集まる家、日時、メンバーも決まって、この時、由布子には既に連絡済みとのことであった。

晶彦は誘ってくれた義理で声をかけたに過ぎなかった。これは晶彦と由布子のことであり、二人に了解を得るのが筋である。普段由布子と話しさえできない彼らは、由布子が行くとなると、チャンスとばかり、この有様である。晶彦は不愉快であり、由布子も同じ気持ちに違いない。二人の約束が無視され、主導権は他に移ってしまっていたのである。結局会合は中学校の級友原田の家と決まっていた。

原田の母と晶彦の母は小学校の時、同じ在所の同級生で、原田の母は昔から代々村の長を務めてきた名家のお嬢様、晶彦の母は家事、子守、奉公などで、まともに登校できないという格差があった。しかし二人は仲が良く、学業など、よく助けてもらった様子や、二人は他在所のそれぞれ相応の家に嫁いだことなどを、晶彦は母から聞いていた。そしてまた、子供同士が中学校になって同級生になったのである。

七月に入って約束の日曜日、晶彦は原田の家を訪ねた。

メンバーは母屋とは別の一室に通された。いわゆる裕福な家に多い離れ座敷である。結構広く十人は楽に座れる。そこを彼専用に使っていた。今まで何度かこの家に来ているが、ここに通されたのは初めてである。晶彦にはこんな良い部屋が無い。こんな部屋があれば由布子をいつでも招くことが出来るのに、特に今回は良い機会だったのに…と悔しい思いが湧いた。

晶彦の家は古くみすぼらしい。特に女の子を招けるようなトイレも無い。由布子の母は晶彦の兄猛の担任であったことから家庭訪問もしており、晶彦の家や内情をよく知っている。それでも今の晶彦には気になるのである。

原田、岸本、晶彦、由布子、麗子、百合子、それに男子では西野、若松、女子では和江が加わり、男子五人、女子四人が集まった。女子は四人とも前回のハイキングには行っていない。通学路線が違うのである。

適当に座ったが、男女が分かれた形になった。由布子は柔らかなグレーのひだ付きスカートに、横へ流した足を隠すような格好で、晶彦の正面近く、少し離れて対座した。そして笑みを浮かべながら晶彦に話しかけた。

「久居から乗ってくる私と一緒にいる女の子、知ってるでしょ？」

「うん、あの、背の高い？」

「そう」

晶彦は「あの綺麗な」とは言わなかった。由布子に気を遣ったのである。

「それで？」

「中さんのこと、感じ良いって、言ってたわ」

一カ月ほど前、下校時、晶彦は津新町駅のプラットホームで電車を待っていた。少し遅れて来た由布子と、その女子が晶彦から少し離れた所で列車を待った。やがて電車が入って来て、晶彦は先に乗り込み、奥のドアの側に立った。彼女たちは入り口のドアの側に立った。車両は貨物車だったため座席は無く、乗客も少なかった。晶彦は近づく勇気もなく、二人の視線に緊張していた。

「ね、感じ良いでしょう、あの人」

由布子の声である。普通のトーンで話していても内容が全て聞こえてくる。聞こえていることは彼女たちにも分かっている。

あの後のことは知らないが、あの時は由布子の言葉であり、晶彦は嬉しく思っていた。由布子と一緒にいた女子は由布子の同校生で、通学仲間たちにも人気がある。美少女というより、由布子と似たタイプで、知性と可愛らしさを併せ持つ大人びた美人と言った方が良い。中学三年生の運動会の時、「おまえ、あんなタイプに好かれるな」と言われたことを思い出した。

「女の子に好かれたら、もっと喜べよ」と原田が言うと、

「中はポーカーフェイスやからな」と若松も言った。

「ポーカーフェイスって、喜怒哀楽を表情に出さないってこと?」由布子が問うた。

「そう」

「ふーん」

仲間からポーカーフェイスと言われたのは、初めてである。しかも由布子の前で……幼い頃から体の弱さ、貧しさ、悲しさを表面に出さず、色々な面で自分を律する、言い換えれば高潔、且つ、品格良く生きようとしてきたことが、仲間からポーカーフェイスと思われたのだろうか？　適当に出た言葉かも知れないけれど、そのように見られていたのかと思うと悲しかった。

「色男は辛いな」横で岸本が茶化した。

「ほんまやな」

自分のことで女子の話題になり、冷静さを欠いていた晶彦は思いもよらない言葉が出てしまった。漫才の合いの手口調がそのまま出てしまったのだ。晶彦は、自惚れと誤解される馬鹿な言葉が口から出てしまったと後悔した。ちょっとした一言から、百年の恋が冷めてしまうこともある。晶彦が動揺していると、

「中さん、どんな髪型好き？」と由布子が問い掛けた。

いつも心に由布子を描いているくせに、晶彦はすぐに出てこない。当惑しながら答えた。

「今ので似合ってる。でも、もう少し長くても良いかな」

中学校の時とあまり変わっていない由布子の髪型を晶彦は好んでいた。

すると、続けざまに、「スカートの長は？」と聞く。

ますます当惑しながら答える。

「普通が良い。セーラー服では、短くても長過ぎても品が落ちる」

普段女子高生を見ていて感じていることを言った。

「短い方が良いやん」原田が横から茶々を入れた。

このところの流行でスカートが短くなってきていたので、由布子は自分に似合う長さや晶彦の好みを聞きたかったのである。

最近、話す機会が無かったから、二人とも話したいことは沢山あるはずなのに、何から話したら良いのか分からないまま由布子から出てしまった問いかけは、晶彦には恥ずかしくて答えにくい内容だった。

由布子は二人で話したいような口ぶりで、内容も以前より男女のことが増えた。

〈何もかも飛び抜けていても、由布子もヤッパリ普通の女の子や。それに男女共学では、このようなことも話題になるのか…〉と晶彦は思った。

相変わらず晶彦は、自分の口から由布子とのことを誰にも話していない。かつて恵比須さんと伝えることが出来ない切なさを話し合ったことや、通学途中で少し話した程度で、特に中学校を卒業してからのことは、由布子と会話している時に側にいた者しか知らないはずである。

一方、由布子は普段、晶彦のことを自分の友に話しているようで、今も周囲に憚らず、公然とした感じで晶彦に接している。今日も由布子は皆にではなく、晶彦一人に問いかけている。二人の会話になってしまっては他の者が白けてしまう。そのような雰囲気になりかけた時、若松が言った。

「牧村さんといつも一緒におる小柄の子、隣村の…」

「佐伯鈴江さんのこと?」

「うん」

「彼女がどうって?」

「あのウエストがキュッと締まったところ、たまらんわ」

由布子が笑いながら「言っといてあげるわ」と言うと、他の女子たちも笑っている。

「佐伯さんって、もしかして中学三年生の時、僕と文通しているんじゃないかとからかわれたけれど、あの子?」

晶彦が聞いた。

「そう」と由布子が笑いながら答えた。

「中、おまえ、あの子と文通していたのか?」と西野が言った。

「いいや、彼女のことは全く知らなかった。どこから出たのやろ、あの噂」

「そやな、中は隣村まで行って女の子に手を出す奴ではないしな。でも、良い子やな。可愛くって、淑やかそうだし」

佐伯鈴江は今、百合子と同じ私立のお嬢さん学校に通っている。彼女もお嬢さんのようで、中学三年生当時もピアノは習っていただろうし、由布子と会う機会はあったかも知れない。百合子の同校生だからかも知れないが、高校入学早々、由布子と親しげに、晶彦の乗っている満員の急行列車に乗り込んできた三人のうちの一人でもある。それに先ほど、由布子は簡単に「そう」と言った。その表情…そこまで考えて、〈もしかして、あの時、自分をからかうため、由布子のちょっとした悪戯《いたずら》で流したデマではなかったか〉という思いが、幾分か冷静さを取り戻してきた晶彦の頭をよぎった。そして今回の、久居から乗ってくる女子のことも、晶彦の心をくすぐる話題にしたのかも知れない。そう思い至って、晶彦は心で苦笑した。

久しくこのような機会が無かったこともあり、皆でしばらく会話が弾んだ。

「そろそろ、ハイキングのこと決めよう」と晶彦が言った。

ハイキングの場所の候補を上げ、検討している時、

「キャンプにしたらどうや」と若松が言った。

「そうやな」と男子は皆賛成した。女子もそのように思えたが、由布子は黙っていた。

夏休みに一泊キャンプと決まった。

日程、行く先、持ち物分担、そして女子も行くことから、中学校の時の恩師に同行を頼むことなどを決めていった。

「私、行けない」突然由布子が申し訳なさそうに言った。

皆、唖然とした。

「中さん行くのに何故行かないの？」と言って麗子も不思議がった。

私だったら好きな人が行くなら、どこへだって行くという口ぶりで、親友の彼女でさえ、由布子の発言が理解できなかったのである。

「そんなのじゃないもの」由布子が力なく言った。

誘った由布子が行かない。驚きである。約束以来、一日中一緒に過ごせると夢を膨らませていただけに、晶彦は膨らんだ風船が急に破裂したようにショックを受けた。

由布子は理由を言わなかった。

解散した後、男子は由布子の家に行って、戸外で由布子を責めた。自分もその中にいなければならないことは辛い。初めて由布子の家に行くのに、思いがけない辛い状況になったことも悲しかった。由布子はこの時も理由を言わない。言えない理由があるのだ。

〈中さんまで、なぜ分かってくれないの？〉と心の中で叫んでいた。

帰途、晶彦は岸本と並んでペダルを踏んだ。そして岸本が言った。

「おまえに久居の女の子を紹介しょうとしているのではないか？　あの子も凄い美人やな…でも、お節介やな。それにしても、けったいなことになったな。牧村が行かなくなった」

由布子が、交際相手として彼女を晶彦に紹介するはずはない。由布子の友は晶彦と由布子のことをよく知っているのである。由布子も晶彦の心の中には自分しかいないことを知っている。親友の麗子でさえ「中さん行くのに何故行かないの？」と言ったほどなのだから…それに、久居の女子に好意を持たれたり、麗子との繋がりがあるのも、由布子がいるからである。晶彦はそう思っている。

家に帰ってからも、晶彦は思いを巡らせた。

あれほど楽し気に「ねっ、私たちも行こう…」と言っていたのに、行かない理由は何なのだろう。今日は初めから彼女らしくなかった。メンバー共通の話題でなく、他に憚らず、むしろ無視するように、我に話しかけてきて、二人の会話調になった。ここに、我に対する彼女の訴えがあったのだろうか？　日程なら変更できる。後はメンバーとキャンプである。他の女子は何の異議もない。キャンプが嫌なら、なぜ反対しなかったのか？　なぜ言えなかったのか？　メンバーか？　彼女の言えない理由とは何なんだろう…。

彼女が言ったことを思い出してみる。由布子は「ねっ、私たちも行こう…」と言った。麗子を含め二人を中心にした、いつものメンバーに、あの久居の女子も入れ、昼間、気軽に行きたかったのかも知れない。そして彼女なりに内容を色々考えていたのかも知れない。だから、あの時、晶彦に久居の女の子のことを話したのかも知れない…。

待てよ…打ち合わせをするにしても、もう中学校の懐かしい校舎はない。立派な校舎は建ったけれでも、建物や三倍に増えた教員にも近寄りがたい。駅で約束した時まで遡ると、どちらかの家か？　まさか俺と二人で、どこかで打ち合わせ、軽いピクニック程度のデートをしようと、その機会を作ってくれようとしたのでは？　そんなことは有り得ないかな？　でも、そうかも知れないな…。

〈彼女は並はずれて人目を引く美人〉と思った時、ハッとした。由布子のことで、我にまで危害が及んだこともある現実を考えれば、もしかして危害とまでゆかなくても、彼女は恐ろしい何かを感じているのかも知れない。これは彼女だけしか分からないことで、対人関係にも関わるから軽々しく口に出せることではないだろう。これかも知れない…。ましてや夜のキャンプである。事実、中学生になってからは、盆踊りでさえも来ていなかったようだし、彼女の夜の外出は見たことがない。それに、躾の厳しい家庭だけに禁じられているのかも知れない。今日の会合をするより、メンバーや場所などを彼女に任せた方が良かったのではないか？　いずれにしても、まず二人だけで会った方が良かったのに違いない。これは間違っていないだろう…晶彦はあれこれと考えた。

それにしても、由布子とともに行けなくなった残念さは拭えない。彼女の真意が分からない晶彦には、改めて誘い直す勇気が無かった。

晶彦が推測したことは大旨当たっていた。

由布子は、集まって初めて男子のメンバーが分かったのである。彼女には、あのメンバーも本意ではなかった。だからこそ、無意識に余人を無視して通常とは違う晶彦との会話になったのである。このメンバーでも、昼間のハイキングなら参加するつもりでいた。ところがあっさりキャンプと決まってしまい、皆、行きたがっている中、自分だけ反対してプランを潰したくないから、皆には悪いが自分だけ行かなければ済むことだと、とっさに思ったのだった。ところが男子たちにとって、彼女が行かないことの落胆の大きさ、彼女の存在価値の大きさに、彼女自信気づかなかったのである。

母方の祖父母に預けられ、一人残っていた満智子は、この三月、中学校を卒業後、先に大阪へ転居していた家族の元で暮らしていた。五月には晶彦の家を訪ね、バナナやレモン、見慣れない菓子などのみやげを持ってきた。晶彦にとっては高級で珍しいものばかりである。何かで猿がバナナを食べているシーンを見たことはあっても、実物を見るのは初めてであった。我が口にもやっと…果物好きの晶彦は嬉しかった。その後も時折、満智子は珍しいものを、人に託してまでも届けたりしていた。

そして八月の初め、突然晶彦の家を訪ねた。

「とってもここに来たくって」

体で表現しながら、そう言った。一人家にいた晶彦は笑顔で迎えた。

「元気そうやな」

「うん、晶ちゃんも」

「街に住んで、見違えるように綺麗になったな…」

「ふふふ…ありがとう」

目が合うと、お互い恥じらいを隠せない。

「ああ、いつもありがとう、珍しいものばかり」

「ううん」

「皆元気？」

「うん」

少しの間、近況を話してから満智子が言った。

「私、水着持ってきているの」

「川へ行こうか？」

「うん」満智子は嬉しそうに答えた。

二人は家で水着に着替えた。満智子は水着の上に簡単な花柄のワンピースを身に着け、晶彦は海水パンツをはき、肩へバスタオルを羽織って外に出た。午前中とはいえ、厳しい夏の太陽が照りつけている。川までそう遠くはない。田んぼのあぜ道を歩きながら、満智子と話をする。

「大阪の暮らし慣れた？」

「ええ、少し」

「大阪には家族もいるし、たまの休み、大阪での付き合いや、することも多いんじゃない？　それに食べ物も、うちより随分良いと思うけど…」

「ええ。でも、何をさておいても、無性に来たかったの」

大阪に出てからも、都会に染まらず田舎を訪ねてくれる。そういう満智子の気持ちが晶彦には嬉しかった。

「晶ちゃん、浜田光男に似てるね？」

「うん？　そうかな？　そんなこと言われたのは初めてや。満智ちゃんの目おかしいのと違う？」

「本当に似ている」

「そう言ってくれるのは満智ちゃんだけだよ。でも、彼は女の子に人気のある日活の青春スターや」

「そうよ」

「それじゃ、僕だって女の子にモテて良いのにな」

「モテているんじゃない？」

「モテてないよ。全然駄目や」

照れながら答えている晶彦を見ながら、満智子は目で笑った。

「でも、僕が浜田光男なら、相手役の吉永小百合がいても良いんだけどなあ…」

〔浜田光男と吉永小百合は、昭和三十年から四十年代の映画会社日活の青春コンビスターだった。〕

「晶ちゃんにもいるんじゃない？」

両側が草で生い茂って、並んで歩けない細い坂道を下り、川に着いた。雲出川の支流で、青山高原を源流とする垣内川である。平地を深く掘り下げたような河川で、両側は岩盤の壁、その上は木や竹などが生い茂り、日陰の所が多くて水も冷たい。二人は浅瀬の中を歩いて上流へ向かった。歩きにくい所は晶彦が彼女の手を取りながら進み、深い淵に着いた。午前中ということもあって、二人以外他に誰もいない。

岩の上で晶彦が言った。

「泳ごう」

満智子はワンピースを脱いで水着になった。彼女は晶彦の母が言う「きりょうよし」である。まだ十六歳だが、大阪へ行って、この数カ月の間にあか抜けて見違えるような大人になり、更に女っぽさも加わって、真っ赤な水着とほっそりとした白い肌に圧倒された。

晶彦は飛び込んで泳いだり、潜ったり、蔓にぶら下がり、大きく揺らして飛び込んだりした。

「満智ちゃんも泳いだら？」

「うん」と言いながら、満智子は泳ごうとしない。膝から少し上ほどしか水に浸かることはなく、岩に腰を掛け、晶彦の泳ぎや水遊びを見ているだけである。以前なら水を掛けたり、水中に引っ張り込んだりしていたが、今日は流石にはばかられた。晶彦には彼女が眩しく、気恥ずかしく感じたが、一人遊ぶのも味気ない。

「なぜ泳がないの？」

「いいの」と言って、やはり微笑んで見ているだけである。

大阪からわざわざ水着を持ってきたくせに、晶彦には不思議だった。結局、満智子は水着を濡らさなかった。

「田舎におる頃はよく泳いだのに」

晶彦が言うと、「うん」と言って微笑んでいる。

満智子が帰って数日後、結局、由布子抜きのキャンプとなった。

名松線を利用して美杉村に入った。雲出川の上流である。服装は普段の制服のままで、用具も正式なキャンプ用ではなく、大きな鍋ややかんなど、分担していた分を各自で家庭から持ってきていた。晶彦や岸本に至っては、体の前後にぶら下げて歩いているから、この上なく滑稽な格好になった。皆、お互いの姿を見ながら笑い合った。

後から来る中学校の教師にも分かるように、テントを張る場所はおおよそ決めてあるものの、行き当たりばったりで、地元民に教えを請いながら、教師が分かりやすい所に決めることにした。

晶彦と麗子は、皆とは少し遅れ、横に並んで歩くようになった。

「由布子ちゃん来なくて、中さん可愛そう」

歩きながら、麗子が晶彦の横顔を見ながら言った。晶彦はちょっとためらいながら、

「ああ、慰めてくれているんだ。ありがとう。君は僕たちのこと、何もかも知っているようだから…」

晶彦は麗子の目を見ながら言った。

「中さんは、綺麗な人としか付き合わないの？」

麗子は晶彦の目を観察するように言った。晶彦は返答に困った。そして言った。

「男なら誰だって、綺麗な人と付き合いたいという願望というか、憧れを持っている。僕もそう思っている。僕は牧村さんや岩本さんという飛び抜けて綺麗で素晴らしい人と、いつだって話せる世界にいてる。他の男子は羨ましがっている。僕は超幸せ者なのだろうな…でも、岩本さんのような綺麗な人からの、そのような質問に対して、どう答えて良いか…」

「私のこと、綺麗と言ってくれるの?….私、由布子ちゃんが羨ましい」

先を歩いている者が、遅れている二人に声をかけた。

「大丈夫か?」

「ああ、大事ない」晶彦が応えた。

歩きながら決めた場所はキャンプ施設もなく、全くの自然の中である。

中学校で借りたテントを張り、石を集め、「かまど」を作り、薪探し、夕食のカレー作りなど、結構忙しい。女子のトイレ作りは予定外だったので、その場で急ごしらえとなった。これらの作業をその場で手分けして、トラブることなく賑やかに進めた。

皆の顔は結構楽しんでいる。思いのほか美味しくできたカレーに、夕食は賑やかで和やかな時間になった。夕食の後片付けを終えると、星空の下、小さな焚き火を囲み、歌や弾む話で時が過ぎてゆく。

そして晶彦が、隣にいる麗子に言った。

「この辺り、いつか話題になった雪姫たちも来たかも知れないなー」

「えっ、あれ、この辺り？」

「うん。行動範囲と思う」

「あの時の南蛮渡来の薬、本当に効いたわよ」

「うん？」

冗談ぽく言ったのに、肝心なことを覚えていないのだから…と麗子は悲しかった。

「なんや、雪姫とか、南蛮渡来の薬って？」と西野が聞く。

「何でもないの」麗子が表情を隠すように微笑み、晶彦も微笑を返した。

「二人、こそこそと…」原田が言った。

「中さんも何か歌って」かわすように麗子が言った。

「僕はあかん、脳味噌が腐るぞ」

「私、もう腐っているから…」と和江が言うと、皆笑った。

「俺もまだ聞いたことがない。聞きたいな」と若松。

「最後まで知っている歌はないんや」晶彦が言った。

「何かあるやろ、ま、皆が援護してやるから」

若松がそう言うと、皆が拍手して催促した。晶彦は立ち上がって天を仰いだ。そして歌い出した。

『月の野原を　はるばると
二人並んで　行きました』

「あれっ、月の砂漠と違うんか?…初めから間違ったのか?」と岸本が言った。
「それ、替え歌じゃない?」と百合子が言う。
「ああ。良く言うとそうなる。本当はメタメタ、聞きづらいのと違うか?」
晶彦が言った。
「そのうち慣れる」岸本が笑いながら言った。
大抵は気の利いた流行歌を想像していて、童謡に肩すかしを食らったようだ。
「その歌詞、良さそう。続けて」と麗子が言った。
「でも、途中で声をかけるなよ。調子が狂う」
「初めから狂ってる」と西野。
「編曲してるんや」晶彦が言うと、皆笑った。
「でも、伴奏が無いと歌いづらい」晶彦は言った。
「世話がかかる奴やな、ゴタゴタ言わいで、早う歌えよ」原田が言った。

「伴奏、私がしてあげる」

そう言って麗子がハミングし始めると、女性たちがそれに加わった。

「うん、気分が出てきた」

晶彦は少し考えて「もう一度初めから…」と言って歌い出した。

『若者《にゃしゃ》の胸には　お姫様
夢の園には　二人だけ
若い二人は　お揃いの
白い上着を　着てました
二人で一つの　夢持って
二人は何処へ　行くのでしょう
明かりに映える　花の野を
永遠《とわ》の幸せ　胸に抱き
手と手睦んで　行きました
白馬に乗って　行きました』

歌い終えた時、今まで目を丸くして視線を晶彦に向けていた仲間たちは、お世辞にも上手いとは言えないこの思いがけない歌に拍手で応えた。

月光を浴びて山中の原っぱにいる晶彦は、かつて川原で話した若武者と雪姫、そして、自分と由布子を重ね合わせて、童謡「月の砂漠」の情景を連想しながら由布子を思って歌ったのである。

うっかり、「僕の胸にはお姫様…」と歌うところだった。

「良かったわ」女子たちが言った。

「伴奏が良かったんや。輪唱もありがとう」女子たちを見て言った。

「ううん、新鮮で良かった。情感もたっぷりこもって」百合子が言った。

「そう。中学校での中さん、こんな雰囲気見せなかったものね。いつもと感じが違う」千恵子が言った。

「ほれたか?」若松が言った。

「あらあー」頬に両手を当てた。

「で、にゃしゃ、お姫様って誰のこと歌ったんや? 先ほど、雪姫の名も聞こえたが」と西野が聞いた。

「決まっているじゃない、ねー」和江が言った。

晶彦は話の方向をそらすように答える。

「にゃしゃは名でなく、若者のこと。そう、若武者と言った方が良いかな。雪姫は中世の頃、ちょうどこの辺りも治めていた北畠具教《とものり》の娘や」

「中は北畠のこと詳しいのか？」

「いいや、歌ったのは空想や」

晶彦はこの話題を打ち切りたかった。

そして、皆の前で何故このように歌ってしまったのか…由布子への思いが抑えきれなかったのか…この強い思いは心に秘めておけば良かったと後悔した。そして、ここに由布子がいたなら、決してこのような歌は歌わなかったに違いないとも思った。

「二人は何処へ行くのかしら？」

麗子はかつて川原での会話を覚えている。晶彦の心の情景も想像出来る。この哀愁を帯びた歌は、由布子が側にいない寂しさ、その心が表れたのだと思った。それでも言ってみたかったのである。晶彦はニコッと微笑んだだけだった。

「君の歌、初めて聞くが、それにしても下手だな。でも、なかなか味がある」

晶彦が尊敬している中学校時代の英語の教師が言った。皆笑った。

「あんな世界、私、憧れるなー。私も歌ってくれる人欲しいなー。下手でも良いから」と百合子が言い、皆笑った。

「あの歌詞、後で教えてね」と麗子が言う。

「ごめん、全然覚えてない。次に歌うと、また歌詞が変わってしまってるよ、きっと」

「まあ、つまんない。でも、私が思い出して書いておくわ。これでも結構記憶力良いんだから、こういうことには…」

しばらく話していない間に、麗子も変わったと晶彦は思った。

それにしても、今日の晶彦には、あの川原での元気は無い。〈やはり彼は由布子ちゃんのことが頭から離れないでいるんやわ…私だったら悲しませることなんかしないのに…〉と麗子は思った。晶彦にとって、由布子がいない寂しさは拭えない。

来る途中、木の下で休憩した折り、木から落ちた異様な毛虫に晶彦が首を刺され、大きく腫れ上がって、少しの間、元気を無くしたことを除けば、初めての経験とはいうものの、打ち合わせ後に加わった千恵子も含め、教師一人と、男女五人ずつ上手くまとまり、良いキャンプとなった。メンバーにとって良い思い出となったに違いない。

その後も由布子は、自分がキャンプに参加しなかった理由を晶彦にさえ言わなかった。

晶彦にしてみれば、自分にぐらい話してくれても良いものを…と悔しかった。彼女も、晶彦や友達とわだかまりが出来て寂しい上、大学受験を控えているから、心は穏やかでない。

晶彦の校友間で「○○校の△△は可愛い」とか、「朝会う□□は良い娘や」とか、よく耳にするが、言っている彼らには相手がいない。麗子に好意を持つ男子は多いが、彼女は受け付けない。そして、彼女に晶彦と由布子のような噂は晶彦も聞いたことがなかった。校友間で女子の話題になっても、晶彦は興味を示さない。

「おまえは彼女しか見てないからな」と、冷やかされる。

「おおそうや」入学当時とは違い晶彦も負けてはいなかった。

「ようう言うのう。あーあ、参った、参った」

「おまえたちが言わせるんや」

ところが、この二人の仲もキャンプの一件以来おかしくなったのか？　秋になって、いつも同じ列車の同じ場所で見かけるはずの由布子の姿がない。進学校は普段の授業も早く進め、もう受験勉強に入る頃と聞く…そのせいだろうか？　色々考える。晶彦は寂しい思いである。素直に近づけない由布子も、同じ寂しい思いをしていた。麗子もまた相手がいない寂しさがある。晶彦と由布子を間近で見ているだけに、切なさも加わってその思いは強い。三人とも、それぞれに寂しい思いをしていた。

晶彦には通学や校内に結構良い仲間が出来ている。

そんな中でも、入学当時から晶彦と由布子のことは同校生の多くに知られ、羨望の目で見る者も少なくない。そして二人の家のことを誰が喋るのか、彼女には姉妹だけで兄弟に男子がいないことから、「おまえが婿養子に入るのか？　彼女の同級生に聞いたぞ」とか、「修学旅行で彼女が男子生徒にもたれ掛かって眠っていた」とか、「彼女に彼氏が出来ている」などとわざわざ耳に入れ、嫌みを言う者もいる。普通交際しているカップルがいたとしても、このようなことはない。このような話が出ること自体、それだけ彼女が注目されているということで、誰からもモテる由布子を好きになってしまった宿命なのか…と思っていた。

それにしても噂の真偽は分からないが、由布子との交流が希薄になっていると思う時だけに、晶彦にとっては堪え、寂しい気持ちに輪がかかった。

修学旅行は二年生の十月から十一月に掛けて、この辺りでは九州へ行く学校が多い。晶彦たちも十一月に行っている。

その後も度々辛い噂を耳に入れる者がいる。どうしようもない寂しさ…。時折駅で見かける麗子。彼女なら何もかも分かっていて、この寂しさを癒してくれるかも知れない…。心が揺れる…。今も一人ですぐ側にいる。話してみようか…。衝動が走る…。歩み寄ろうとした時、「おう」と言って肩を叩く者がいた。級友である。フッと我に返ったような気がした。異常な心理に陥っていたのである。麗子も晶彦がいるのは知っている。そして晶彦が普段と違うことを見ないふりをしながらも感じていた。

晶彦は級友と列車に乗り込んだ。麗子も近くに乗った。晶彦は級友と会話を続けている。麗子と言葉は交わさない。級友は晶彦と麗子が中学時代の同級生であることを知らない。

後で晶彦は〈あれで良かったんや〉と思った。そして、誰の慰めや優しさであっても、そう簡単に癒すことが出来る単純なものではないことも分かっている。由布子を好きになると、大きな悩みも付いてくるということなのか？　そんなに悩むなら、由布子に直接話せば良いではないか…。そう思いながらも、勇気がなく、自問した。

〈噂を信じるのか？……寂しいからといって他の女子に心を移せるのか？……由布子を思う心はそんなに頼りないものだったのか？……彼女には何か事情があるんや。信じて待ってやれ！　それに由布子にも麗子にも悪いではないか！　大切に思っている高潔で品格高いプライドはどうした！〉

あれこれ思い悩み、今の晶彦は心がすさみ正常でない。

そのような中、ある日曜日の午後、風呂敷包みを届け終えて自転車にまたがり、道に出ようとしてペダルに力を入れた瞬時、急ブレーキを掛けた。一人の老人と出くわし、危うく当たるところであった。生け垣で見えなかったのである。晶彦にしてはうかつであった。

「おう」

「すみません」

「中晶彦君やな」

「はい」

住む村も違うし、かなり離れているのに、氏名まで良く知っているものやと思った。

「今日は、お使いか？」

「はい、父の…」

「もう済んだのかい？」

「はい」

「なら…ちと、わしの家にも寄ってゆかんか？」

「は、はい」

晶彦は付いていった。

「ま、入りなさい」

老女がいた。挨拶をして母屋を通り抜け、促されるまま離れ家に向かった。

「わーっ、綺麗な庭ですねー。広いなー」

「そうかい」

「池も綺麗だし、色々な色の鯉がいる…。それに、なんだか鯉のぼりみたいに体がふわふわしているのも…」

「鯉は呼べば寄ってくる。頭も撫でられる」

「ヘェー、川ではいつも逃げられるのに」

「晶彦君に捕られて、食われるのが嫌なのや」

「分かるのかな」

「そりゃ分かるさ。命が掛かっているもの」

「ここの鯉は安心しているんやなー」

「そうや」

「では、すぐ捕まる。でも、大き過ぎる。どんな道具がええんやろう?」

「こら」

「そんなつもりじゃないです。ごめんなさい。つい、考えてしまって」

「冗談冗談。鯉も場所や環境で変わるんや」

「はい」

「体がふわふわしているのは、狭い池にいて餌をもらっているから。餌を捕る努力をしないから、筋肉が弱っているのだろう…鯉には良いことでないかも知れないな…」

「はい」

離れ家の縁側に腰を下ろす。

「こんな庭、見るのは初めてです」

「気に入ったか？」

「はい」

「庭の手入れ、結構手間がかかるのや」

「これだけ形の良い木が沢山あれば…。それに草取りだって、僕んちの踏み固めた庭にも、よく草が生えるから…」

「うん」

農家は物干し、色々な作業、多目的のため、何処の家にでも、広狭はあるが踏み固めた庭はある。

「落ち着いた気分になります」

「分かるか？」

老女が美しい物腰で、盆に入れたお茶と菓子を置いた。

「どうぞ、今日は若い者が皆街に出て…年寄りでごめんなさいね」

優しく笑みを浮かべ、丁寧に頭を下げた。晶彦も会釈で応え、老女はその場を去った。老人は盆のものを手で勧めながら言う。

「晶彦君もいつか持てば良い」

「いいんです。僕はこの里のような山、森、川など、広々とした自然が好きだし、これが自分の庭だと思えば、富士山だって…勝手だけれど…」

「これは一本取られた。参った、参った」

「そんなつもりじゃ…何だか負け惜しみに聞こえますね」

「ハハハ…やっぱり君は良い」

「はあ?」

「ところで、時折ここに来んかい…」

「はあ?」

「頼みがある。来てくれんか」

「はい?」

「郁代の勉強を見てもらいたい」

「郁代さん?」

「ああ、済まなかった。わしの孫娘や」

想像だにしなかった話題で、晶彦はすぐには把握出来ない。

「今、私立中学に通っている。君の在所で、わしと一緒におる時に君とも出会っているし、通学の時も出会っていると思う」

〔ちなみに、この頃、私立中学は珍しく、白山町内には無かった。〕

そこまで聞けば晶彦は知っている。あの子の家はここだったのか。郁代というのかと思った。

「あ、あのお嬢さん」

「分かってくれたか」

「一際目を引きますから」

「そうか。目を引くか、君の目にも。ははは…」

郁代も晶彦を知っているという老人の表情である。

「いえ、あの…」

由布子と出会う少し前、彼女が晶彦の在所の元大地主だった親戚の家に来ていた時のことである。親戚の近所の子供に連れられて川原へ来た彼女は、晶彦が釣りをしているところを暫く見ていたことがあった。その時、顔を合わせたのが初めての出会いで、一見して、近所の女子とは違う目を引く存在だったことを覚えている。面影が変わっていなかったから、何年か経ったにもかかわらず、通学の列車で見かけた時も、すぐ彼女と分かった。

以後、よく見かける。学校の制服を着て、普通に振る舞っていても、品の良さを感じさせる正真正銘のお嬢様だったのだ。晶彦は話したことはない。今いるこの家も、昔から代々村の長を務めてきた名家、元地主のものである。どちらの家も農地改革があったとはいえ、まだ大きな富は残っている。

突然の思いがけない話に当惑しながら言った。

「僕なんかとても」

「いいや」

「…」

「わしが言うのもなんやが、郁代は頭も性格も悪くない、手こずることはないと思う」

「なおさらのこと、そんな人に僕など不要かと…。それに突然のことで…」

「わしも以前から考えてはいたが、今決めたんや」

「もっとちゃんとした家庭教師、例えば大学生でも…」

「いや、晶彦君が良い」

「僕はまだ教えてもらう方です。高専も落ちたレベルやし」

「それも承知している」

「入試に合わないし、とんでもないことを言うことも」

「入試だけではない。そのとんでもないことにも興味ある。晶彦君のことだから悪い影響は与えないと思う。晶彦君のことは知っているつもりや。これでもわしは顔が広い」

「買いかぶり過ぎですよ」

「そうかな？　ハハハ…」

「それに、あんな素晴らしいお嬢さん、僕が好きになってしまうかも…」

「良いではないか、若い二人、お互い好き合うようになれば、めでたいことじゃ」

晶彦は老人に諦めさせるつもりで言ったのだが、期待に反した答えが返ってきた。学業だけなら彼女に家庭教師は必要ない。しかし、老人は彼女に何か非凡なものを感じていた。晶彦と接することによって、彼の持ち味が良い影響を与え、その何かが目覚めるのではないか、そう思ったのである。

晶彦が困っていると、

「あっ、ごめん、ごめん。何だか追い詰めているようやな。今、決めなくて良い。返事は後で良い。期待している」

「ああ、時折遊びにおいで。今日の話にこだわらなくていいから」

老人は外まで見送って、

「は、はい。ありがとうございます」

帰り道、〈教えるなんてとんでもない〉と思った。

相手が女子だけに、引き受ければすぐ噂になってしまう。通学電車の中でも何が起こるか分からない。それに彼女は美しく、しとやかで、気品があり、優雅…あまりにも由布子に似たところが多い。近くにいることが多くなると、彼女に心を奪われないという自信はない。こんな時に…ますます由布子との関係がこじれてしまう…冗談じゃない。でも、由布子との心のつながりは、そんな柔なものではなかったはずとも思ったりする。それに、例えば日曜日のある時間、いつも縛られるのも嫌である。言ってくれたことは嬉しいが、晶彦にその気は無かった。


何日か経ったある日、父親に言われた。

「断ったらしいな、もったいない」

晶彦の父親は名家からの話だけに残念がった。話があったこと、断ったこと、晶彦は誰にも話していないのに、父親は知っていた。父親にすれば縁談に結び付けていた節がある。

それにしても、家柄、富を云々する世の中にあって、しかも、古い時代を生きてきて、その傾向が強いと思われる名家の老人が晶彦に頼んだ。縁談ではないにしても、あまり聞かないことである。

一九四六年（昭和二十一年）から五年間実施された農地改革で、地主だった家の者たちの生活は大きく急変したに違いない。しかし、まだ十二年〜十七年しか経っていない。彼らにこそ長年慣れた名流の心、そしてその意識が強く残っているはずだけに…と、思う。「大河の水は絶えることはない」晶彦は母が言っていたことを思い出した。勝手に自らを縛っている世間の人とは違い、名家の中には、あの老人のような人もいて、世の中の変化に適応するだけでなく常に先々を見ているのでは？…噂よりも心はオープンで広いのでは？……そのためにも、彼らは彼らに合った教育が伝承され、人一倍努力をしているのかも知れない。だからこそ家は衰退しないのではないかと思った。

何日か経ったある日の駅で、晶彦は郁代と目が合った。あの成り行きを知っているのではないか？　彼女の表情から晶彦はそう感じた。そして、何故か悪いことをしたような気持ちが心に湧いた。

やがて秋が過ぎ、母校の校舎が無くなったこともあって、冬休み中も晶彦は由布子に会えなかった。そして三学期が始まっても、電車で出会うことも少なくなっていた。

一人また　学舎跡や　落ち葉踏む

正月、気分の晴れない中、鉄道会社に勤めている杉谷晋平に誘われ、古都奈良へ行った。

他の友人を入れ三人である。最近元気のない晶彦にとって、気晴らしにも良いと誘ってくれたのである。

鉄道会社の社員である晋平が同伴していると、自社の路線はもちろんのこと、国鉄も含む他の鉄道会社の改札やバスもフリーパス（この当時は暗黙の約束のようなものがあった）で交通費は要らない。

　東大寺で目の前にしたあまりにも巨大な大仏。あの時代に於いて鋳造はどのようにしたのだろう？…そして金メッキは？…昔の技術の凄さに思いを巡らせ、晶彦の脳はすぐさま忙しく回転する。

　そのスケールの大きさに圧倒され、彫刻の好きな晶彦は、南大門の運慶、快慶作仁王像の力強さや、そこからみなぎるエネルギーを感じて、「何を悩んでいる！」と叱咤されているような気がした。しかし、こと由布子に関してはどうにもならない。友情のありがたさが身に染みながらも、晶彦の心は晴れなかった。曇りを拭えるのは彼女だけなのである。

五、あれは夢？

　高校二年も終了したある日。晶彦は何をするともなく、家の近くにある川の土手に寝そべった。幼い頃、魚を捕るためだけに、ただ無心に釣り糸を垂れた所である。昨年、同じように寝そべって一首の短歌を詠んだ。

ねこやなぎ　川面の煌《きら》めき　柔に受け
描く波紋に　揺れる長閑さ

今も、側のネコヤナギが川面で反射した柔らかな陽光を浴びている。波紋で揺れる光に、猫のようにふんわりとした毛も、銀色に輝いたり、ぼんやり浮かび上がったり、赤暗くなったり、毛の中の少し赤っぽい色の効果もあって、さまざまに様相を変え、魅惑的に映える。この長閑な光景は幼い頃と変わっていない。

しかし、由布子と出会い、彼女が特別な存在となってしまった今、もう幼い頃の心には戻れない。そして、彼女の心が分からなくなってモヤモヤした心は、この春の日差しを浴びても晴れず、うららかな気持ちになれないのである。

この日、晶彦には嬉しいことがあった。夕方、晶彦の姉幸恵が退職し、家に戻って来たのである。盆正月や休日など、時折帰ってきてはいたが、これからは一緒に暮らせる。姉を慕う晶彦にとって、大きな喜びであった。

数日して、幸恵は晶彦が通っている学校と同じ街の洋裁学校に通い始めた。元々編み物や洋裁が好きで、結婚の準備でもある。洋裁学校の費用は幸恵自身が働いて蓄えたもので、親から学費を出してもらっている晶彦は済まない気持ちで心が痛んだ。幸恵は幼い頃のように、よく晶彦の面倒を見る。晶彦のセーターを編んだり、通学の服装やハンカチまでもアイロンがあてられ、晶彦はこざっぱりした服装になった。幸恵は珍しい食べ物も作って食べさせてくれた。

幸恵が勤めている頃、母トミエの使いで、会社の敷地内にある寮へ行ったことがある。寮はこぢんまりした一戸建てで、数人が共同生活をしている。同じ建物が多数並んでいた。普通、男子は女子寮には入れないが、まだ高校生、且つ、弟ということで特別許可をもらっていた。当日は気を利かせて同室者はいなかった。寮は自炊も出来、ごく普通の家庭と変わらない。女性ばかりでも華やかな飾りなどはなく、質素でつつましい生活をしていた。

幸恵が中学卒業の頃は晶彦の頃より高校進学率は低く、特に地方の女子は就職させられた。この会社は全国からの出身者が多い。中学校の同級生、田代由美子もこの会社の敷地内にいるはずである。

「田代由美子さん、元気か？」晶彦は迷いながら聞いた。

「うん、元気そう。今日は勤務みたい。会いたかった？」

「いいや」

勤務は三交代制で、それぞれ休日が違う。

「あの子、同僚とうまくゆかないことがあるみたい。それに、よくは分からないけれど、男の人との噂も…」

「ふーん」

由美子は美しい顔をしているが、特別社交的でもなく、愛嬌を振りまいたり媚びたりはしない。彼女のお婆さんが心配していたことはあり得る。晶彦は岸本に請われて、彼女の家を訪ねたことがある。そして岸本と彼女の仲が終わった雰囲気も知っていただけに、気にはなっていた。

姉を訪ねたついでであっても、会うと、「会いに行った」ということになって、当時のクラスメートに噂が広がり、ややこしいことが起こる可能性がある。そして、今、彼女が付き合っているという噂の主が、単なる噂に過ぎないかも知れなくても、晶彦に彼女を支えることができない以上、会わない方が良い。それに、彼女の方が自分より大人のはず…寂しさのあまり、それだけで男子を選んだりしないだろう…彼女の良さは誰にでも分かるわけではない。むしろ分かる者は少ないと思っている。晶彦は噂が真実なら岸本が彼女を理解し、支えてやれる男性であって欲しいと願った。

この寮には少しの間しかいなかった。二人は外に出て、微かな潮風の中、海岸を話しながら歩いた。会社には何度か訪ねて来ているが、いつもは正門近くの応接室までで、晶彦がこの寮に入ったのは、高二の春、一回きりである。

母トミエは忙しかったこともあって、晶彦が途中まで電車の定期券を持っていることから、姉への用事を晶彦に託したが、自分も会いに行きたかったに違いない。

幸恵は人気洋画の入場券を手に入れては、晶彦を連れて行ったり、時折待ち合わせて会ったりした。二人を見かけた幸恵の同僚の中には、「若いツバメを捕まえた」と、口悪く、からかう者もいたが、幸恵は弟思いで、ともかく仲が良かった。


五月、級友に声をかけられた。

「中、どうした？　この頃元気無いな」

「うん？」

「今日、放課後、俺と走ってみないか？」

「おお、良いよ」

約束通り二人でグラウンドのトラックを走りだした。

陸上部で駅伝に出場している級友である。長距離の走法なのに、晶彦には二〇〇メートル走のようで、トラックも途中まで付いていったものの、徐々に離され、一周も付いていけなかった。呼吸は激しく、一気に汗が出て、全身湯をかぶったように濡れた。自転車で山道を通学しているから、多少体力も付いてきたものの、とても適わない。

「俺、もう駄目や。植木は凄いな、全然ペース落ちない…」

あえぎながら言った。徒歩に変わって、

「中学校から走っているからな。これも練習や…」

「いつも一人、黙々と走っている姿を見て、感心してたんや。俺とは違う。たいしたものや」

「どうや、中も俺と一緒に走らないか？　モヤモヤも吹っ飛ぶぞ」

「うん、ありがとう。でもな…」

普段、共に行動しているわけでもないのに、よく見ている者もいるものだと晶彦は思った。

一週間ほど経って、毎年行われる校内恒例の行事、クラス対抗駅伝大会に出る羽目になった。先般、晶彦を誘った植木の意見が通ったのである。他の級友が自転車での伴走を買って出た。更に一週間ほど経た当日、晶彦がたすきを引き継ぎランナーになった時は、前後にランナーは見えなかった。暫く黙々と走って、角を曲がると二人の走者が見えた。目標が出来た。何とか抜けないかと速度を速めた。励ましを受けながら、ただ走るだけである。中継点寸前、様子を見に来た植木に「足が上がってないぞ」と言われながらも、やっと二人とも抜くことが出来た。次の走者につないで力尽きた。何とか自己のペースを落とさず、五キロメートルを完走できた。休憩後、伴走者の自転車の後部荷台に乗って学校まで戻った。慣れないことだけに足は痛く、疲労困ぱいしていた。

　土曜日なので午後の授業は無い。その日は駅伝だけで学校は終わり、友と校門を出た。この疲労した体で家まで帰らなければならないと思うと辛い。完走の満足感は薄く、何をしても心の底から喜びが湧いてこないのである。


　一学期が始まってから、既に就職活動が始まっていた。

　時計、ラジオ、テレビ、機械いじり、そして工作などを好む者もいるが、テクニカルとはほど遠い不器用な者も結構見受ける。しかし就職のために当校へ来ている者が多いのは事実で、それぞれ色々な能力を持っていても、家庭の事情から進路が思い通りにならないのである。口にこそ出さないが、初めから諦めているとはいうものの、秘めたる思いを持っている者も少なくないことを晶彦は感じていた。

　進学となると、国公立大学なら、奨学金やアルバイトで学費ぐらいは何とかなるかも知れない。しかし奨学金制度といっても、受給の門は狭く、受給金額も少ない。制度が充実していないのである。入学にもまとまった金が要る。それに、それぞれの目的学部のある大学は近辺にない。住居、生活費まで…となると、都会やその近郊に住んでいればまだしも、所得の低い地方出身者には到底焼け石に水というのが、教師を含めた大勢の意見で、やむなく就職する者も少なくない。
そんな中、体力に自信がある者は費用の掛からない防衛大学、そして多少なりとも家から費用を期待できる者の中には、国公立大学を目指して頑張っている者も何人かいるらしいことを聞いていた。しかし国公立大学ともなると、それなりの受験勉強も必要で、普通高校生に比べ、工業高校生には負担が大きいのは事実である。晶彦にしても、経済的には周囲の仲間以上に深刻である。そして仲間と同じように振る舞ってはいるものの、身体の弱さはどうすることも出来ない。ともあれ費用を稼ぐための無茶は出来ない。

少し家庭の生活状況を見てみる。
晶彦の家庭だけでなく、同じ規模の農家出身者は似たようなものと思われる。産業が発展し、GNPが急激に増えてきたこの頃になっても家の生計は苦しい。
〔後にGDP(国内総生産)が使われるようになるが、当時はGNP(国民総生産)が多く使われていた。両方とも一国の一定期間における経済活動規模を貨幣価値で表した指標の一つ。〕
田畑が少ないから、自ずと収入は少ないのは言うまでもない。まともにいっても収穫は少ないのに、気候による不作、天然の災害、そして病虫害にでも遭えば、とんでもないことになる。更には猪の被害だけでなく、目の届きにくい所では、干してある稲が穂の付いたまま盗まれることもある。

冷たい水に長時間入る春の苗代や水田作り、そして田植から始まって、夏の田の草取り、秋の収穫。収穫は稲刈り、稲の天日乾燥、脱穀、籾の天日干し、籾摺り…など、年中暇がない。その殆どが中腰作業で疲労もきつく、重労働の連続である。そこまでして収穫しても、種、肥料、農薬など、元々掛かる費用が大きく差益は少ない。その上、毎年のことながら、借金返済に回ってしまい、あまり家には残らない。そしてせっかく新米を収穫しても、良い米は現金に換えてしまい、家では、洪水で砂が混じったり、欠けていたり、粒の小さい物や変色していて売れないような屑米から食べる。

米作以外の作業は、水田の裏作に作る麦、菜種、年に数回する養蚕である。養蚕をすると、桑の木で畑を占領してしまうため他に使えない。今まで多かった縄、筵《むしろ》、炭俵…の需要は減ってきた。併わせてこれらの晶彦が出来る手伝いも減ってきた。いずれにしても、農業はどれも根気が要る労の多い作業にもかかわらず、特に零細農家の収益は少ない。それでもしなければならない現実があるのだ。

農業以外では、哲男が仲間たちと請負ってする山仕事で、木の伐採、枝打ち、間伐、下刈、植林、そしてトミエの組紐織りで、これらが現金収入に加わる。晶彦も間伐材を切って、割って、薪を作るのを手伝った。そのような中、この頃、営林署からの山仕事が入ってきた。報酬は少ないものの現金収入の主力になった。仕事を探さなくて良くなったことを哲男は喜んだが、農繁期、雨、用事や病気で休めば収入は無い。

戦後の回復、そして近年の所得倍増計画などによって、急速に国民の生活水準が向上しつつある中、世間の景気の良し悪しに関係なく、晶彦の家はともかく貧乏で、学費などで、幾らかでも親からの仕送りを望むのは無理なのである。

こんな事情で、一般的に田舎では現金収入は少ない。それ故、月々決まって変動せず収入があるサラリーマンが好まれるようになったが、田舎では勤め先がない。従って子供は都会に出て行く。田舎にいては大学どころか、高等学校へも行けない生活が苦しい家庭も多いのである。

晶彦は就職先を決めるに当たって、当初は理学部がある大学の夜間部へ通えることが第一目的で、就職はそのための手段であり、卒業さえ出来れば転職すれば良いと考えていた。そのため、この条件に合った企業の求人を探して待ったのだが、その求人は無い。それにしても、志が叶う理工系夜間部は少ない。社会に出てから、もう一度考えれば、良い道が見つかるかも知れないと思うことにした。

先輩卒業生たちの長年築いた信頼で、大企業の就職先も多い。晶彦は超大企業は選ばず、高卒でも活躍出来そうな、頃合いの企業を探した。そんな折、「超大企業の名称は付いているが、そのグループ企業で、まだ比較的新しく、ユニークな上、高卒でも活躍できる」と就職担当職員の薦める企業があった。そこは先輩もいないようで、晶彦には、そのしがらみが無いのも魅力だった。更に所在地が京都大阪間であることも晶彦を引きつけた。この立地なら良い道が見つかるかも知れない。希望が持てるのではないか。その地の利便性を考え、大学の情報が少ない田舎育ちの晶彦にはそう思えて、すぐさま応募することにした。


就職試験の前に健康診断書を会社に送らなければならず、晶彦は保健所で健康診断を受けた。ガラスで仕切られた窓口の内側では、女子事務員が診断後の処理をしている。そして、何人分かを処理し終えては窓口で渡していた。その作業を見ながら晶彦も順番を待っていた。次が晶彦の番である。その時、事務員の側の電話が鳴った。事務員は話し終えて、晶彦の分を未処理のまま封筒に入れようとした。

「あっ、それまだ」と晶彦は叫んだ。

「ああ」と言って、事務員は記入をし、印を押して封筒に入れ、封をした。未処理のまま会社に送っても、無効になるか、二度手間になるか、就職担当者によっては試験までに不合格にしてしまうこともある。もし、見ていなければ危ないところであった。学校を遅刻して来ているから、早く受け取りたくて、イライラしながら窓口の近くにいたため難を逃れたのである。こんなこともあるんや。晶彦は前途に不安がよぎった。

六月中頃、大阪へ向かった。試験当日、筆記試験後、面接試験があり、晶彦の手前で午前の分は終わった。応募者はチケットを貰い、社内の大食堂に案内された。大勢の社員でテーブルが埋め尽くされていた。各自料理を受け取り、空いているテーブルを探して適当に座る。料理は洋食だろうか、肉が添えられ、味付も珍しく、晶彦には見慣れないもので、何だか高級に思えた。

食べ終える頃、晶彦の前に作業服を着た一人の人物が座って言った。

「今日の試験どうだった？」

「一応書きましたが、普段の学校の授業内容とは違い過ぎます。学力を見るなら、それに合わすべきです。計算問題にしても、別の考え方が出来るし、問題として不適当だと思います」

そう正直に答え、しばらく談話した。結局、内容は普段仕事（設計）で使っている一部だったことが後の面接で分かるのである。

午後の面接のトップは晶彦である。入室して驚いた。先ほど晶彦が試験の批判をした相手もいたからだ。その人物が面接のメインで、技術のトップだったのである。晶彦としては、普段のテレビや映画から、役職者やエリート社員は背広を着ている。そういうイメージを持っていたので、まさか面接をするような人物が作業服を着ていようとは想像外だった。総務部長からの問いかけで、自己紹介をした後、昼食時に会話した内容の続きから始まった。

「あの問題を作ったのは私だ」

もう駄目だ。そう思った瞬間、晶彦の度胸は据わった。試験問題のこと、幅広い技術のこと、その話に出てくる時々の理数、専門教科の方程式、公式、数式にまで及ぶ口頭試問、そして、特定の技術に絞って晶彦の考えを問うてきた。晶彦も臆することなく答えた。双方に準備がない異例の面接になった。

数週間して、採用の内定通知が届いた。応募者が多かったことや、入社問題を作った本人に批判したこともあって、期待はしていなかっただけにこの会社の通知は晶彦の心を掴んだ。ともかく就職活動をしなくてよくなった。その代わり、内定通知とともに宿題が入っていて、余分なことが増えた。課題は工場内のある作業の省力化構想要求で、文面は短い文章が書いてあるだけだった。教師に教えを請うてもサッパリ分からないとの返事。教科書や参考書に記載されているような、学校で教師の教える内容ではなかったのである。就職が決まって、皆ノンビリしている時に、晶彦は自分で考えて、毎月レポートを送付しなければならない。こんなことはクラスの中でも晶彦のみである。なぜこんなことに…と、腐った。

〔この時、既に所属が決まっていて、面接試験の時、問答した人物がヘッドである設計室から出ている課題だった。そして、もう既に実践に入っていたのである…このことを晶彦は知らない。〕

化粧品店を営んでいる同じ村の女性が時折幸恵のところへセールスに来る。ある日、メーク指導をしていて、幸恵がその場を離れた時、その女性が近くにいた晶彦に声をかけた。

「お化粧してあげようか？」

突然、思いも寄らない話しかけに、晶彦は驚いた。

「えっ？　いいよ」

「なぜ？」

「恥ずかしい」

「綺麗になるわよ。男性でも若い人の肌は美しい」

と、友人感覚で親しそうにからかった。明るく楽しい女性で、化粧品のセールルには似合っている、晶彦はそう思っていた。今までも何かにつけ、晶彦によく話しかけていた。そして真面目な顔で言った。

「大学、行きたいんでしょう?」

不意に問われ、晶彦は言葉が出ない。

誰もが中家の窮状を知っている。そして彼女夫婦は晶彦を気に入っていた。夫婦には子供が出来ないこともあって、晶彦が幼い頃から最近まで、晶彦を養子に欲しいと何度も申し出ていた一人である。そんなこんなで晶彦に親しみ深く接していたのだ。

「いくら良い人でも、やるわけにはいかん」

晶彦の両親は断り続けた。兄姉も反対である。晶彦は幼心にも、〈もし養子に行けば皆の生活が少しは楽になるのではないか…〉そう思うこともあった。そして、考えを変えれば、〈近いから、別れでなく、家族が増えるだけや〉そう思う反面、〈裕福な家に行ったとしても、遠慮の心が強くなるやろな…〉などとあれこれ考えたことを思い出していた。

この頃になって、「息子さん、もうじき高校卒業やから、あんたとこも楽になるな」と両親に言う人も多い。

そして、「養子に行くな」と言うのには他にも理由があった。婚姻も含め、養子に行くことは余所の人になることである。兄猛など、事あるごとに言っている。長男として親のことが気がかりなのである。

「おまえが後を継ぐか? 継ぐなら親の財産を皆おまえにやる」

他には、都会に出たとしても、将来田舎に帰って暮らす土地、墓、仏事のことなど、小学校の時からよく聞かされる話題だった。兄との会話は晶彦にとって、暗くて聞きたくない嫌な話題が多い。そして年の差が大きいこともあって、普段から命令されるように、兄の指示で動くことが多く、それも嫌だった。友と話すように、愉快な話や、もっと夢のある話が出来ないものかと思っていた。

母トミエは「おまえは体が弱いから家を出すのが心配や。でも、こんな所にいても貧乏で苦労するだけや。可哀相やが、街で就職した方が良い」と言う。このことは兄も身に染みて分かっているはず…と、晶彦は思う。

ともあれ、今の晶彦にとって、このようなことはどうでもよいことで、晶彦の心は中学校卒業時、尊敬する国語の女教師が「はなむけ」に贈ってくれた一編の漢詩そのものなのである。題も作者も忘れたが、晶彦は奮い立つ思いを抱かせるこの詩を気に入っていた。

男児立志出郷関
学若《もし》無成死不還《かえらず》
埋骨豈惟《あにただ》墳墓地
人間到処有青山

「志を持って故郷を出る。学問が成就しないうちは帰らないという決意。そして、骨を埋めるところは故郷の墓地だけではない。活躍できる所はどこにでもある」

そう解釈している。


夏休み、晶彦が通う学校の野球部は、甲子園どころか万年予選敗退だった。級友が出ていることもあり、一、二年生時は応援に行った。津市営球場で行われる時は、学校の最寄り駅で級友と待ち合わせ、級友が漕ぐ自転車の後荷台に乗って行く。自転車通学の者が結構多いから、普段街に用事がある時も彼らに頼む。もちろん二人乗りは法令で禁止されている。

過日のこと、晶彦の級友が言った。

「二回も避けて別の道に入ったのに…また前にいる」

警察官二人、並んで自転車を漕いでいた。

「中、どうする?」

「もう…えいっ、間を突っ走れ!」

「よっしゃ」級友は大きな体でペダルに力を入れた。

間を通り過ぎた時、「こら、待て!」と二人の警官が叫んだ。止まったものの、二人は黙っていた。

「二人乗りはあかんことを分かっているやろ」一人の警官が言った。

二人はまだ、黙っていた。

「わしら二人いるのが目に入らないのか？　学校は？」

帽子の記章を見たら分かるくせに…と晶彦は思った。

「生徒手帳を見せなさい」と言って、警察手帳を取り出した。

「すみません、以後止めます」

この時になって、ともかく二人は何度も謝った。なんとか許され、後で級友が言う。

「わしらの見ているところぐらい、注意せよと言っているように思ったが、どうや？」

「俺もそう思った」晶彦は答えた。そして続けて言った。

「彼らも無視されて面目がつぶれ、気分悪かったんやろな」

「今思えば悪かったなー」

「俺たちも、無鉄砲過ぎた」

「それにしても、しっかりした荷台が付いているし、人通りも少ないのだから…危ないとは思えないのに、なぜ禁止なのやろ？…こんなに便利やのに…合点がゆかんな」

「うん。車があまり通らない見通しの良い交差点で、信号待ちしなければならない法令もあるしな…」

「でも、色々なこと考えてるんやろな…色々な場所、様々な人々によって乗り方も違うし…」

ところで野球の応援といっても、双方ともブラスバンドのメンバー以外、十名ほどの寂しいもので、テレビで見る甲子園の応援合戦とは雲泥の差がある。そんな中でも、晶彦はいつもブラスバンドが演奏する「青い山脈」が好きであった。イントロやメロディーのテンポの良さが心を弾ませる。双方の選手たちも乗せられているに違いない。そう思っていた。

〔『青い山脈』は石坂洋次郎氏原作の同名小説が昭和二十四年（一九四九年）に映画化された時、服部良一氏が作曲した主題曲である。〕

三年生の今年は、夏休みに入ってすぐからアルバイトをしているため、応援に行けなかった。アルバイト先は、通学している高校と同じ街にある小さな会社である。夏休みのみの契約で、二人行けるところを菊池が探してきた。今夏初めて見つかったのである。アルバイトに行くと、夕刻五時まで縛られるから何処へも行けない。

会社はテントの制作、販売、施工で、工場と外回りがある。外回りは自動車に社長と同乗して、目的所の寸法測定や取り付け工事である。社長は菊池と晶彦を交互に内外勤務させた。外の仕事は一日中社長と同行のため気疲れするし、慣れない仕事でもあり疲労は大きい。内の仕事は、防水液の塗布で臭いがきつく、目、鼻、喉に染み、目は充血し、鼻、喉も痛む。手に付着しないように気をつけていても付いてしまい、皮膚の弱い晶彦はかぶれたり荒れたりする。晶彦の両親は心配した。菊池にはこの症状は出ない。

晶彦は少し早めの盆休みを取って、余っていた山岳部の冬用テントを借り、菊池を含む高校の仲間六人で旅に出た。テントを宿にしながらの貧乏学割周遊旅行で、目的地は能登半島である。晶彦の費用は兄姉からもらった小遣いやアルバイトで捻出した。夜行列車で早朝金沢に着いた。

朝食として、パンをほおばりながら兼六園を散策した。そのうち、地元の女子高生数人と知り合った。グループ同士だけに、話題が欠けることもなく、会話が弾み出すのに時間は掛からなかった。しかし、せっかく知り合った彼女たちともゆっくり話す暇が無い。列車の待ち時間だけの散策予定で、時間は僅かしか無いのである。みんなで写真は撮ったものの、慌ただしく過ぎた。

「可愛かったな」

女子高生と接する機会が少ないメンバーには、降って湧いたような嬉しい出来事だけに、皆残念がった。日数や行動を拘束されているわけでもないのに、旅館に泊まる資金はないから、日が暮れるまでには、テントの張れる所まで行って、適地を探さなければならない。更には列車の本数も少ないことや、乗り継ぎのことを考慮すると、列車が特定され時間が決まってしまう。それに、慣れないこともあって、他の手段を思い付かないのである。

列車とバスを乗り継ぎ、予定通り輪島へ向かった。能登半島の半ばから先端の海岸沿いを回り、七尾湾までのプランである。風景を見ながら気に入った所でテントを張る。しかし、むやみに張れるわけではない。大抵が砂浜になる。そして、昼間にはテントから離れた岩場にも足を伸ばして泳ぎ遊ぶ。岩場や水深の深い入り江などは、海水浴場に決められていない所が多いため、人は少なく、水質や風景はより美しい。それに海は何と言っても青い空、紺碧の海原、そして、その海原の白い波や白い船の対比は格別である。

岩場や砂浜での遊び、水泳、食事の用意や後始末、そして昼寝以外は次の目的地までリュックサックを背負い、ただ歩くだけである。

自炊道具、食料、雨具、衣類…特に冬用のテントなど、重いリュックサックは灼熱の太陽の下、熱くなったアスファルト道上を歩くには堪える。長距離移動は乗り物である。その時は「ああ極楽」と皆息をつく。この状況下でも、メンバー内でのもめごとや地元の少年たちとのいざこざも起こらない平穏な旅である。パンやラーメン、自分たちで作るカレーなどの粗末な食事、このようなテント生活が続くと、日常生活の食事や布団が恋しくなる。

途中、安価だと分かっているユース・ホステルに宿泊を請うたが、予約していないからと断られた。せめて食事、そしてシャワーを使わせてほしいと頼んだが、それも拒否された。期待していただけに皆の落胆は大きい。

旅行中の話題は女子のことが多かった。途中で出会ったり、すれ違ったりした女子も話題になる。そして、「中は良いのう」と晶彦は言われることになる。今の晶彦の心中を知らないままに由布子の話題になる。恋人とは言わないまでも、皆、異性の友が欲しいのである。この旅は難渋をしたものの、メンバーにとって修学旅行よりも印象に残った。

盆を過ぎて間もなく、父哲男が病で床に就いた。同じくして晶彦も体調が悪く寝込んでしまった。体調不良が進行し、そして、アルバイト先の環境も晶彦の体に悪影響を与えていることもあって、少し前からアルバイトをやめていた。学校の図書室で借りていた好きな物理学の本も読めないばかりか、就職内定先からの宿題も仕上げて送らなければならず、大きな負担になり始め、状況は一変した。

数日寝込んでいた哲男は、病も回復し仕事に出掛けた。晶彦は五日ほど寝たり起きたりで、気分の悪さは回復しない。それでもレポートは何とか仕上げ、送ることが出来た。

晶彦は床でも由布子のことが頭から離れない。由布子に甘えて欲しいと思う。そして色々思いを巡らせた。彼女が何度も晶彦にせがんだことがある。

「数学、教えて」

これがデートの手段で、彼女なりの甘えのきっかけだったのかも知れない。そのことに行き着いて、大学受験で一人苦しんでいる彼女を支え、何か力になれたらと思った。


夏休みが終わって、気分がすぐれないまま登校した。

駅のプラットホームで由布子を見掛け、このことを伝えようと思ったが、なんと彼女は同校の男子生徒と二人である。迷いながらも声をかけると、「また後でね」と言って去って行ってしまった。

初めてのことである。軽くあしらわれたと思い、哀れさが身に染みた。目の前で〈噂が現実のものになった〉そう思った瞬間である。その後、彼女からは晶彦に何の連絡もなかった。

由布子は、気高く、誇り高く、泣き言は言わないし、決して言い訳もしないことは分かっている。

お互い本人の口から愛を打ち明けているわけではないし、約束をしているわけでないから、自分から問い質すことはしにくい。それでも晶彦は彼女から何か言い訳をして欲しいと思った。

それにしても俺と会うかも知れない駅のプラットホームで堂々と、どういうことなのだろうか？　むしろ隠すことではなかったのだろうか？　急いでどこかに行く様子だったが…彼らは何かの用事のため、たまたま一緒にいたというだけなのだろうか？こういう時、声をかける方が悪いのではないか？　同伴の者に気を遣えば自分でもそうしたかも知れない。それならタイミングも悪過ぎた。

「由布子ちゃん、いつも中さんのことばかり話してる。由布子ちゃんが輝いているのは中さんがいるからや。中さんも由布子ちゃんがいるから輝いているんやわ」

かつて、由布子の友人がそう言ったことがある。今まで彼女は親友や通学仲間、そして同校生にさえも晶彦のことを隠さず話している。それにもまして、彼女からの幾たびかの誘い掛け、それに一年生の時、「私、同じ学校の男の人、全然興味ないの」とキッパリ言い切った彼女の言葉を信じたい。

そう思いつつも、こうも思う。大学受験という重苦しい毎日、由布子の周りには彼女と同じように、受験を目指し、共通の悩みを持ち、同じ心理状態の格好良い男子が大勢いる。何もしてくれない晶彦よりも、近くで優しく手を差し伸べてくれる男子がいたら、そちらに心が傾くのは自然なのかも知れない。彼女の心が変わったのだろうか？　晶彦はあれこれ考え、気分は重く辛い。晶彦の悩はより大きくなり、由布子に聞く勇気もなく、心は悶々としていた。数日して、晶彦は再び体調が悪化し学校を休んだ。

　晶彦の気分の悪さについて、診療所の医師は腸の弱さや栄養不足を挙げ、中でも貧血を指摘した上で、増血剤を出し、食事の内容改善を告げた。

　晶彦の慢性的貧血や、太れないのは栄養不足だけではないことを、この時はまだ、医師、晶彦ともに分からなかった。

気も萎えて　臥所にて聞く　蜩に
蝉より炎《も》えた　彼の夏思おゆ

　晶彦が二日休んで通学しだした九月半ばの早朝、家族それぞれが慌ただしい支度を終え、出掛けようとしていた。

「お婆さんが死んでなさる」

　裏道を通りかかった村人が伝えに来た。

家族の食事は朝が早いため、このところ祖母マツの食事は後になっていて、家族は今日もまだ寝ているものと思っていた。慌てて現場に行き、その有り様に皆愕然とした。

柿の木にぶら下がっているのである。

これは夢でなく、今、現実に起こっていることなのだ…。幸恵は失神して倒れかけ、側にいた晶彦が抱き支えた。晶彦も目の前が真っ白になり、全身から力や血が引いていくような感覚を覚えた。家族は皆動けなくなった。やがて、我に返り、すぐさま降ろして寝かせたいと家族は思った。しかし警察が来るまで動かすことは出来ない。数刻経って警察の検視が済み、村人たちも集まって来て、それぞれ役割分担をし、通夜や葬儀の準備を始めた。

文字が書けないから遺書など無い。

マツは普段から「死にたい」と言っていた。日常、当たり前の生活の中で、「死にたい」と口にする老人たちは少なくない。しかし、言っていても実行しないのが普通である。日常の不平不満は誰にでもある。マツは九十歳近くになった。何故この年齢になって…。この年齢だからこそ、彼らにしか分からない特殊な心境になるのかも知れない。

マツの場合、物心共満たされないと思う心、家族の言うことも理解できなくなってきて、もうろくしてゆく寂しさや辛さもあっただろう。一年ほど前までは、晶彦と山へ茸狩りに出掛けるなど、達者と言われていた体も自由が利かなくなってきて、この頃、床に就くことも多くなっていた。「下の世話をされたくない」と言っていたプライドもあり、それ故、自分で始末を付けたのかも知れない。家族は色々と考えるが、本人以外心の中は誰にも分からない。

自殺のショックは、家族にとって病死以上に大きい。故人に接した対応や心はどうだったか？　自分に原因があったのではないか、些細なことでも家族全員が自責の念にかられる。世間の目もそれに集まる。家族に恨みがあったのではないか…。敬老の日ということもあって尚更である。特に村社会では、噂が悪く大きくなって取り沙汰される。

晶彦は今まで、内容こそ違え、他家の聞きたくない噂を聞いているだけに、家族にとって、今後のことを推し量ることは出来る。その聞きたくないことが他家でなく、自分の家で発生してしまったのだ。幾重にも辛さ、苦しみを背負うことになる。世間の目、その苦痛に耐えなければならない。

実母だけに哲男の落胆は言うまでもなく、これが母親のすることかと苦渋の顔もする。間もなく甘みを付けてくる柿の木を、たわわに実を付けたまま、哲男は根本から切ってしまった。

トミエにとっては嫁姑の間柄であるから、当然のことながらショックは大きい。しかし、こういう中でも同情する者も少なくない。これはトミエにとって幾らかの救いになった。

そして、結婚式を目の前に控えた姉幸恵のショックも尋常でない。兄猛は近年遠方へ転勤したため、すぐには帰れず、村社会を知り抜いている親戚も、この不名誉な出来事に内心穏やかでない。

晶彦にとって、かつて由布子たちと川原で作った砂の家が一度の増水で跡形もなく無くなったように、この突然の出来事は夢も希望も、今までの全てを崩し、心を一瞬にして生きづらい世界へ陥らせてしまった。

〈これからどうなるのやろ…今すぐ、どこか遠くへ逃げ出してしまいたい…死んでしまいたい…〉初めて湧いた心情である。

更に埋葬のため、座姿にして納棺しなければならないのだが、硬くなった体を無理矢理曲げる、その痛々しさに、見ていた晶彦は大きな声を上げて泣き出してしまった。作業をしている在所の人たちも辛いに違いない。死とはこういうことも伴うのである。一連の悪夢のような出来事が強く心に焼き付いてしまった。

葬儀にはまとまった費用が要る。トミエはまた借金に行かなければならない。人が集まると大量の米も要る。農家でありながら収穫前とはいえ、米すら無い。家族全員でゆっくりマツの死を悼む余裕の無いのが、悲しい現実である。このことで晶彦はまた数日休むことになった。


重い心で登校した。巡査の配慮で新聞沙汰にはならずに済んだものの、既に仲間たちなど、全てに伝わっているはずである。しかし、マツの死のことについては通学仲間、学友たちも、誰一人として触れず普段と変わらなかった。

気を遣ってくれていることが晶彦には分かった。晶彦はありがたいと思いつつも、触れないことにその重みを感じた。そして、彼らは何も思っていないかも知れないのに、自分の心には言いようのない、暗く重苦しいものが宿って、元々控えめな積極性も、より萎えてしまった。

高潔で高い品格を育む自分自身のプライドのようなものが、今こそ大事だと晶彦は思うが、このような時、高潔で高い品格、誇りとはどのようなものなのだろう…。

幸恵の結婚式は嫁ぎ先との話し合いで、予定通り十月に行われた。

喪中でありながらの、苦渋の選択だった。結婚費用は中学を卒業してから就職して幸恵自身で稼いだものであった。


そのような折り、一九六四年（昭和三九年）十月十日〜二四日まで東京オリンピックが開催された。

今回から柔道やバレーボールも取り入れられて、体操とともに日本の得意とする種目が増え、日本中を興奮させた。安価になってきたことやオリンピック開催のタイミングとも重なり、モノクロながら晶彦の家にもテレビが入っていた。世間より大分遅れてはいるが、ある時払いでと、町内の電気屋が置いていったものである。以来、気兼ねしながら他家にテレビを観せてもらいに行かなくてよくなった。

送信所から離れている上、山に囲まれているから電波状態が悪く、映りは良くない。アンテナを方々持ち歩いて、電波状態の良い場所を探すが、映りは良くならない。それでも、家庭で映画や生のニュース映像を動画で見ることができるテレビは、田舎では最大の娯楽であり、情報源でもあり、画期的なことだったのである。この頃、日本国内のテレビ普及率は八〇%を超えていた。心が重い中、晶彦もオリンピックに興奮することが出来た。


「このオリンピックは国家の威信をかけた事業であった。終戦直後（一九四五年）、焦土と化した日本を見て、連合国最高司令官マッカーサーが、「この国の復興はいつになるか予想も付かない」と言ったほど荒廃していただけに、世界中からも信じられないほど急速な復興を成し遂げた日本に注目が集まった。オリンピック開催は、戦後の日本が国中が一丸となって、国際舞台へ本格復帰した証明であるとされたのである。

オリンピックのための建屋や施設、時期を合わせた首都高速道路、東海道新幹線の開通、更に、このオリンピックでは日本の時計メーカーによって、世界で初めて小型化、高精度化に成功したクオーツ（水晶発振器、一定の周波数で機械的振動を行う電子部品の一つ）による競技の計測や記録が実施され、計測数値は電光掲示板にも表示された。そして開会式の模様はアメリカ、カナダへ、世界で初めて同時中継され、競技の模様は人工衛星を利用して四十五カ国に放送された。この時、あらゆる分野で数々の新技術が生まれた。これらのことは繊維産業が衰退、将来重化学工業に替わって、日本を牽引する精密機械や電子産業時代への始まりであったのかも知れない。

その後、技術の進歩とも相俟《あいま》って、日本の高度経済成長に繋がっていった。昭和四十二年（一九六七年）にはＧＮＰが二六兆円を超え、翌年には世界第二位の経済大国になっていった。」


学校も運動会が終わったある日。晶彦は授業を終え、学校から最寄り駅までの間、級友と二人で歩いていると、何処からかフォークダンスのメロディーが流れてきた。するど、級友が急に歌い出した。

「ああ高校三年生ぼくらフォークダンスの手をとれば甘く匂うよ黒髪が…」

歌謡曲『高校三年生』の一節である。

そして、「女の子のいる普通校は良いな」と言った。乙女心だけでなく、女子の少ない工業高校生にも大きく影響を与えていた。

「でも、中はトビッキリの彼女がいるから、良いな…」

羨ましそうに言った。晶彦は何も言わず微笑んだ。

今の晶彦は、一連の出来事や、彼女と心が通じ合っていないことで、彼等以上に悩んでいた。しばらく話していないどころか顔さえ見ていなかったのである。

晶彦が高校二年生頃から『高校三年生』『修学旅行』『学園広場』…等、学園ものの歌や映画が急に流行していた。その歌詞、曲に加え、男性歌手の容姿、声、歌唱力の持つ甘いムードは乙女心を酔わせるには充分過ぎるほどインパクトがあった。〈今まであまり気に掛けなかったが、由布子が感化されても無理はない…やっぱり心が揺れるのだろうか?〉この時痛切に思った。

そして由布子が男子と二人でいるのを見たのは一度きりだが、晶彦には彼の風貌がこの歌手に似ているようにさえ思えた。

〈これらの曲は何れも昭和三十八年（一九六三年）六月から十月にかけて発売され大ヒットした。三曲とも、歌手舟木一夫、作曲遠藤実、『高校三年生』と『修学旅行』の作詞は丘灯至夫、『学園広場』の作詞は関沢新一。この他にも学園シリーズはある。

『高校三年生』の作詞者丘灯至夫氏は「高校生の男女が楽しそうにフォークダンスをしている様子を見て、それがすぐ詩になった」と何かで語っていた。「若い男女が自由に集う」大正生まれの丘氏の時代には、到底考えられなかった光景である。過ぎ去った青春期への様々な思いが大きかったからこそ、全ての人の心を捉える素晴らしい作品が生まれたのではないだろうか…。」
　由布子との幸せな心で有頂天になり、のぼせ上がっていた頃の晶彦には、今の自分の切なさ、苦しさ、悲しさ、寂しさ…を、ここまでは分からなかった。今は由布子への思いが当時にも増して、計り知れないほど大きく、募るばかりである。そして晶彦もまた、中学三年生の由布子との教室風景をこの歌に重ねていた。

　就職するなら、これからは自動車の運転免許が必要だ。時間的に余裕のある今のうちに取っておいた方が良い。学校側の意見でもある。晶彦は車に興味があることも手伝い、菊池や他の級友とともにチャレンジした。しかし、仲間たちも資金が無く、正規の自動車運転教習所には通えない。運転の操作方法を覚え、ろくろく練習もせずに試験場へ行く。「もっと練習をしてくるように」と当然のように不合格。数回通い、何処で何をするか、体ではなく頭で覚え込む。「免許証さえ手に入れば後は何とかなる」と皆が思っていた。危なっかしいかぎりである。

試験場で順番を待つ間、何度もトイレに行く。緊張の上がり小便である。数回落ちると、学校の担任教師から「早く合格するように」と言われる。クラスの者も笑う。受験の度に、一日の授業を最後の一、二時間残した大きな遅刻となるからである。遅刻回数を重ね、何とかぎりぎりの点数で合格に至った。安堵はしたけれど、ぎこちない運転には違いなく、試験官の温情も入っていたのではないかと苦笑した。筆記試験は級友間でテキストを回し読みして間に合わせた。

休日は秋の取り入れの手伝いも忙しい。

そして校内文化祭も終わった。この秋は色々なことがあった…。中には、由布子との距離がより遠くなりそうな暗くて辛い大きな出来事も…。

〈俺には他人には考えられないような、経験出来ないようなことが生じる。由布子のような女性との天にも昇る幸せと祖母の死に方を含め今の辛さ…良いことも悪いことも…〉晶彦はそう思った。

土曜日の午後、晶彦は母校の中学校に来ていた。

グラウンドの端に真新しい体育館が出来ていた。晶彦の在学当時には無かった。内から生徒たちの声が聞こえてくる。晶彦は扉を開けて中に入った。複数の卓球台があって、生徒たちがプレイをしていた。もう授業は終えているから、クラブの練習だろうと晶彦は思った。

晶彦を見つけた美しい若い女性が、晶彦の側へ来て「何かご用ですか？」と言った。晶彦はこの女性と面識はない。

少し覗いたに過ぎない晶彦は、とっさに言った。

「僕は、この学校の卒業生で、中晶彦と言います。もし、宜しければ一汗流させて頂けませんか？」

帽子の校章や学生服の襟章から、晶彦がどこの高校生かは分かる。

「お相手が私で宜しければ、どうぞ」

女性は何のためらいもなく、快くそう言ってから歩き始めた。

「私は当校の保健室担当ですが、誰も卓球部を引き受ける教諭がいなくて、私が顧問に任命されています」と、付け加えた。

卓球台が一台開けられて、対面した。

「肩慣らしに、ラリーをお願いします」と、晶彦は言った。

大きく打ち返す、きれいなラリーが続いた。

暫くすると、周囲に生徒たちが集まってきていた。そして、女生徒の一人が三本勝負と言った。お互い、向かい合って会釈した。

審判をする生徒が晶彦の名前を聞いた。

「瓢箪、そう呼んで下さい。僕のニックネームです」

「ええっ」と、言いながら、顔を見合わせ、顧問も含め、爆笑になった。これでムードは一変し、一球毎に生徒たちの喚声が上がり、「瓢箪、一本」などと、和やかなゲームになった。


顧問とのゲーム後、生徒たちとも打ち合った。何人かと対戦後、晶彦は休憩のため、体育館の隅に置かれているピアノの椅子に腰を掛け、鍵盤の蓋を開け、人差し指で、ゆっくり鍵盤を叩いた。

晶彦はあまりピアノに触れたことがない。少しキーの音階の知識があるだけで、何も分からない。由布子が作った曲は覚えているため、鍵盤を目で確認しながら、メロディーを叩いたのである。


女生徒たちが集まってきて、「きれいな曲」と誰かが言った。

「何という曲ですか?」

顧問が聞いた。いつの間にか顧問も来ていたのである。

「『いつまでも』と、言います」

「誰の曲ですか?」

「僕と同じ卒業生です。三年生の時の作品です」

「女性ですか?」

「はい」

「でも、凄い。その人」

「はい、素晴らしい人です。彼女が弾けば凄くきれいなのですが…」

「そうでしょうね。いえ、ごめんなさい…で、この曲、行事か何かで演奏したのですか？」

「いいえ」

「それでは、誰も知らないのですか？」

「はい」

「では、あなただけが？」

「そういうことになります」

「わあ、ロマンチック」女生徒たちが同時に発した。

「歌というか、詩は付いているのですか？」誰かが問うた。

「まだです。頼まれているのですが、下手に付けるとせっかくの素晴らしい曲が台無しになってしまいそうで…」

「ますますロマンチック」

女生徒の一人が羨ましそうに言った。

「その人、あなたの恋人ですか？」と聞くと、

「はしたないことを！」と顧問がたしなめた。

晶彦は礼を言って、体育館を出ようとすると、顧問が言った。

「創部してあまり経っていないから、ご覧のようなレベルですが、宜しければ、いつでも顔を出して下さい」

「ありがとうございます」

晶彦は慇懃に頭を下げて、外に出た。気持ちのいい汗をかいた。体のほてりを冷ますには、少し寒すぎる冷気である。晶彦はゆっくり、いつもの場所へ歩いた。

顧問は窓越しに晶彦を追っていた。あの場所にいる晶彦を何度か見ているのである。彼は卓球をするため体育館に入って来たのではなく、当校へ来る体裁を作ったのではないか？　そういう思いもあり、初対面の礼儀正しい挨拶に、何の質問もせず、許可したのである。正直で品の良い振る舞いや、すぐに生徒たちも打ち解けた彼に、顧問も好感を持ったため、今後も顔を出すようにと好意的な発言をしたのであった。

それにしても、ここに何度来ただろうか、由布子と出会っていなければ、中学校生活は味気なく過ぎ、思い出や印象も薄く、これほど懐かしくもなく、この母校跡にも来なかったに違いない。あれほどの思い出があっても、それを偲ぶ物は何も残っていない。全て整地され、グラウンドとなって、樹木さえ新しく植え替えられている。そして今は由布子と会える期待も空しいだけである。それでも知らぬ間に、ここに佇んでいる。

由布子と話した一言一言、彼女との全てのことが鮮明に焼きついて、ピアノの音も晶彦の心で鳴り続けているのである。

あれは夢？　僕は火だるま　消せないよ
もう戻れない？　あの二人には

六、理容店

冬休みに入ったある日、晶彦の様子を見て母トミエが言った。

「なんや、心地悪いんか？」

「うん」

「床屋でも行ってきたらどうや。サッパリしたらマシになるかも分からん」

「うん」

晶彦は早速出掛けた。

晶彦は板間に上がらず、腰を掛け、上半身を捻って、火鉢にあたりながら、理容師が出てくるのを待っていた。そのうち何気なく立ち上がって、ガラス窓越しに外を眺めた。

この店は桜並木がある坂道の途中にあって、店内からは雲出川やそこに架かる八ッ山橋と、その後方に鉄筋コンクリートで新築された中学校が見える。晶彦が学んだ木造の旧校舎があった時、ここからの構図は常々美しいと思っていた。一方、中学校側から見える青山を背景にしたこちらの構図も気に入っていた。かつて、雲出川の川原へ降りるとき、由布子とともに見たアングルである。

やがて、その光景の中の八ッ山橋に自転車を漕ぐ人影が入ってきた。晶彦はドキッとした。一目で由布子と分かったのである。どこへ行くのだろう。ガラス窓に近づき、彼女の姿を目で追った。

彼女は橋を渡り終えて、三叉路をこちらに向かった。次の三叉路もこちらに向かい、短い算所橋を渡り終え、坂道に差し掛かって自転車を降りた。自転車を押しながらゆっくり坂を上り始め、理容店の前の桜並木の下まで進み、晶彦の自転車に並べて駐輪した。そして、何と、この店へ向かって歩き始めたではないか。

晶彦はソワソワして火鉢の側へ戻り腰を下ろした。ガラス戸が開いて由布子は晶彦の前に現れた。彼女は晶彦がいるのを知っていたかのように、驚いた様子もなく、微笑んで晶彦に会釈をした。

彼女は濃紺のコートに濃紺のスラックス、襟元には透けて見える淡い水色のスカーフを付けていた。この清楚な服装で白く美しい顔がより初々しく映えている。そして、彼女はしなやかな仕草でコートを脱いだ。コートの下には柔らかな白いセーターを着ていた。コートを板間に置くと、たおやかな物腰で腰を下ろした。二人は火鉢を挟んで対座し、二人の両手も火鉢の上で対面する格好になった。

間近にある顔や手、ましてや、二人きりで瞳が合う恥ずかしさ…。目の前にある由布子の顔が眩しく、まともに見られない。晶彦は顔の向けどころがない。晶彦にとって、由布子と会えた感動は言うまでもない。しかしせっかく会えたというのに、何と話しかけて良いものか戸惑っていた。

「もうじき、お正月ね」と由布子が話しかけた。

「うん」

「牧村さん、いつもここで?」

「そうでもないの」

「女の子はお母さんがするか、美容院かと思ってた」

「今日は髪のカットに来たの」

「今のままでも綺麗なのに」

「ありがとう。でも、少し毛先を切ってもらおうと思って」

理容師の若い男性が入ってきた。

「いらっしゃい」と、にこやかに言った。愛想の良い彼は理容師が似合う雰囲気を持っていた。晶彦たちと歳はあまり離れていない。皆顔見知りである。

彼に促され、店に二脚ある理容椅子に並んで座った。

「ちょっと待っててな」と言って彼は姿を消した。

二人は話題を探しながらポツリポツリと話した。

キャンプ以前には、晶彦が返答に困るような問いかけがどんどん出てきたのに、今日はそれがない。

「あの作詞、どうなった?」由布子は聞きづらそうに聞いた。

この頃の二人の関係から、二人にとって、心に準備のない突然の話題になった。

「まだや。あれは僕にとって不滅の名曲なんや。ショパンにだって負けてはいない」

「まあ!　誉め過ぎよ」

「今の僕には、あの曲に相応しい、良い詩を作る能力が無いんや…でも、いつかきっと…」

晶彦は一応綴ってはみたものの満足できずにいた。曲に相応しいという以上に、当時から今も持ち続けている、表現しようのない幸せな二人の世界のことを、言い出せないのである。

由布子は晶彦を目の前にして、自分が言い出したこのことで、由布子自身、当時と少しも色あせていないばかりか、高揚している自分を改めて認識した。

「お姉ちゃんがね、映画『愛と死を見つめて』見て良かったと言っていたわ」

〔『愛と死を見つめて』は大学生の恋愛で、女性が軟骨肉腫という悪性の骨肉腫で顔面の頭骨を侵され、治療の甲斐なく、死亡（昭和三八年）するまでの交流実録を、男性がまとめて出版したもので、大ベストセラーになって、昭和三九年に映画化され、歌とともに大ヒットした作品である。〕

「ふーん、歌謡曲も人気出ているな」

「中さん、この頃、歌謡曲聞いているの？」

「うん。遅ればせながら、少しは。…でも、テンポは平安の頃の白拍子の歌か、あのノックダウンじゃない、ノクターンぐらいが僕に合っている」

「中さんらしいな。で、『愛と死を見つめて』の内容知ってる？」

「詳しいことは知らないけど、少しだけ」

「可哀相すぎるわね、実話だから」

「うん、悲しすぎるな…恋って不思議なものやな。出会わなければ、何ともなく過ぎてしまうのに、一旦愛し合うと、その人でなければならなくなるんやから…」

「そうよね」

「彼等の場合、死に直面していて、理想や欲望など何もかも削ぎ落として、純粋に愛だけに生き抜いたから、皆感動したのかも知れない」

「死に直面した極限状態の愛が一番美しいのかも知れないわね」

「うん。でも、最愛の彼女が亡くなったら、翌年そのことを出版したり、映画化することは僕にはとても出来ないな。そんな心境になれない、悲しくて、悲しくて…僕はそんなに強くないから、たぶん死んでしまうやろ。生きている意義、張り合いが無いし、彼女のいない世界なんて、考えられないだろうから…」

辛さが身に染みている晶彦の気持ちが正直に出たものである。

「まあ…」

由布子は絶句するほど感動した。しかし、あまり表情には出さず、少し間を置いて言った。

「私もそうするかも知れない…」

「万一死ななくて、執筆するにしても、何年も何年も経ってからやろな。…何年経っても忘れないだろうから…彼女に呼び掛けるように…でも、上手く書けないやろうな…文字や文章、それに愛情表現も下手やし…」

「上手、下手など関係ないんじゃない。…二人だけのことで、他の人には関係ないんだし…彼女に分かれば良いのだから…」

「ああ、そうやな。…でも…その時、悲しみが薄れている自信はないな…」

「でも、そうすれば、きっと彼女喜ぶわ。それに…私だったら、好きな人に病んだ顔、見せたくないな…会いたくて会いたくて、どうしようもなくても、どんなに苦しくても、きっと病を知らせないだろうな。…知ったら、きっと会うことになるもの…」

「そんなもんかな」

「こんなこと、実際自分の身に起こったら悲しいわね」

「稀なことだから…まず無いと思って良いさ」

「そうよね」

「で、ピアノ続けている？」

「大学受験の科目にもなっているの。それに好きだから」

「そやな。牧村さんからピアノが無くなることは考えられないもんな。ああ、そうや、あのノクターン聞かせてな」

「ええ、聞いて欲しい。まだまだ下手だけど…」

理容師は母親を伴って戻ってきた。母親は晶彦に付いた。

晶彦の頭はいつものイガグリ頭だから、任せっきりで、由布子の髪は時折聞きながら切っている。理容師親子は晶彦と由布子の話に口を挟まないよう気を遣っている。しかし、電動バリカンの音が頭に響き、邪魔になる。

鏡が大きい上、椅子の位置が少しずれているのか？……時折、鏡で目と目が合う。晶彦は目を伏せて、由布子の足下に視線を移した。

「靴大きいでしょう？　私ってね、女のくせに足大きいのよ」

「どのぐらいあるの？」

「トモン・サンブ」（約二十五センチ）

「僕と同じや」

「ね、大きいでしょう」

「背が高いからさ…きっと。…それに綺麗な人には足の大きい人が多いと聞いたこともある」

「慰めてくれているの？」

「本当のこと」

「足に火傷の痕が残っているんよ」

「うん？」

「幼い頃だけど、湯たんぽで…お母ちゃんと寝ていて…」

〈湯たんぽとは、中に湯を入れて寝床に入れ、主に足を温める金属製や陶製などの容器のこと。〉

「お母さんとの思い出の印やな」

「そう」

「お母さんと一緒にいることが多いようだけど？」

「ええ、今でもお母ちゃんの横に寝ているんよ…目が覚めたらお母ちゃんの布団の中だったり…」

「ふーん、何でもお母さんと一緒やな」

「そうね。うふふ…」

「お嫁に行く時もお母さんと一緒かな？」

「そうなるかも知れないわ」

四人は笑った。


一緒に理容店を出てそのまま別れた。

由布子は、「あっ」と思った。下宿をしていることを言いそびれてしまったのである。このところ、家からの通学は時間が掛かるため、学校近くの親戚に下宿し、受験勉強に打ち込んでいたのだった。それ故、晶彦と顔を合わすこともなかったのだ。

冬休みになって親元に帰っていた由布子は考えた。由布子の家の近くには美容院も理容店もあるが、母校の中学校から見る眺めは由布子にとっても特別なものになっていて、この理容店もその中にある。その上、ここに来ることは母校のグラウンドの側を通り、晶彦の家に少しでも近づくことにもなる。由布子には「もしかして」の思いがあった。そして、その「もしかして」が現実となって晶彦と遭遇したのである。


由布子は思っていた。自分の周りには、裕福な家庭に育ち、格好も成績も良く、積極的に交際を迫る男子も少なくない。そして彼らは大学を目指す自分と同じ心理状態である。晶彦が側にいた中学校の頃と受験状態に変わりはないが、今は味気なく暗い。晶彦が側にいたあの頃は毎日快い興奮があり、学校へ行くのが楽しみで、受験の暗さなど無かった。晶彦の良さは自分にしか分からない、自分が一番よく知っている。そして、私のことも一番知ってくれていると思っている。別々の高等学校に進学した時も、彼一人しか心に無かった。

私の周りを見ても、彼を嫌っている女子は誰もいない。むしろ好意を持っているとさえ感じることもある。そんな中で、学業や普段の行動の噂は伝わってくるが、彼と女子との噂はない。それどころか、晶彦の熱い視線を感じながらも、自分は受験や卒業、そして世の中の独特のムードに流されていた。何もかも自分のせいで、二人の間に距離感を作ってしまった。一言「ごめんね」と言えば自分の心もスッキリ出来るのに、その一言が言えなかった。

映画『愛と死を見つめて』を話題にしたのも、二人で見たかったのに…わだかまりから、それが言い出せなかった。彼も誘ってくれなかった。決まっているはずの就職先も聞けなかった。春になれば、どこか遠くへ行ってしまうに違いない。受験が終われば自分の方から素直に近づこう。そして、もう一度あの頃の二人に戻りたい。

そう考えると大学受験の合否等どうでも良いように思え、心も明るくなった。


一方の晶彦は、由布子の残像で占められ、ペダルを漕ぐ足にも感覚を覚えないまま家に向かっていた。

〈せっかくのチャンスだったのに…〉

離れがたい。そして、どこかでもっと話を続けたい。その思いは強かったくせに、映画を約束するなど、思いつきもしなかった。

突然の出会いで晶彦の心は混乱していた上、二人の間にある、わだかまりのようなもの、そして体調の悪さや祖母マツの死のことが以前にも増して、由布子に対する積極性を抑えていた。

由布子の思惑を知らない晶彦は、〈今まで男子の級友とさえも会ったことのない理容店、ましてや女子の由布子が来るなどとは考えられない場所だ。しかも客は二人だけ。ありえないはずの二人の遭遇は神様が用意して下さったのに違いない。やっぱり自分には他人には考えられない何かが起こる〉そう思った。村の小さな理容店でのわずかな時間でも、晶彦には大きな出来事だったのである。

七、震える手

晶彦は卒業までに、また災難に襲われた。

期末試験初日、気分が悪く、自転車には乗れず、最寄り駅までバスに乗った。バス内でも苦しさに耐え、着いて下車した途端に嘔吐した。めまいと苦しさで立っていられない。登校を断念して折り返しのバスで何とか帰宅し、そのまま高熱で寝込んでしまった。

医師の往診を受け、流行性感冒に感染していることが分かった。暫く安静が必要と告げられた。言われるまでもなく、本人は動けない。無理して通学はしていたものの、五日ほど前から、容体は悪化していったのである。その上、正月頃から眼も患ってい
た。

卒業の期末試験、卒業設計、更に就職先からの課題を仕上げなければならないのに、こんな時に、何故…。晶彦は歯がゆく思う。何もかも中学卒業時とは天と地の差である。晶彦はこれまでにも、大切な時に何かが起こってきたような気がする。そして悪夢続き、悪夢はこれが総仕上げになって、今後、災難が降り掛からないことを祈った。

晶彦は鈴鹿高専受験時、近席の受験生が絶え間なく酷い咳をしていた。周囲の騒音が気になる晶彦にとって、晶彦自身の体調が悪かったことも重なり、試験に集中出来なかったことを思い出した。普通の試験ならともかく、難しい試験では自己の体調ばかりでなく、周囲の者の健康にも大きく影響を受ける。

そして由布子は今、大学受験に没頭している。受験には、ただでさえ万全であることは少ない。〈彼女も丈夫でないと聞いている。風邪にかからなければ良いが、何も無ければ良いが…〉晶彦は高熱の中で祈った。

晶彦はまだ完全に治癒していなかったが、熱や咳も残り、頭はふらついて気分も悪

いながら、何とか動けるようになって登校した。三年生は試験も終わり、既に休みに入っていたが、受けられなかった卒業試験の打ち合わせをするためである。

晶彦の状態を見て、心配そうに担任教師は言った。

「これが最終成績となる。試験受けるられか?」

まだ卒業設計と就職先から出されている課題のまとめも残っている。これらを仕上げるだけでもきつい。今の晶彦には試験を受ける体力も気力も無い。その上、全科目一日で済ませるというのである。相談の結果、試験は受けないことにした。成績については、結局一、二学期平均点数の二〇%カットで八〇%と決まった。

「今後付きまとうかも知れない大事な試験だから、皆頑張ったらしい。君の成績順位はかなり落ちる」と教師は言った。

残念だけれど、今の晶彦には成績等、もうどうでも良かった。

卒業設計は、寝ている間も、近所の建築士から借りた製図板を布団の上に置いて、少しずつ進めていた。しかしまだ残りは多い。資料の一部は同じテーマで進めてきた同級の菊池に貸してもらうことにした。生まれて初めて級友に救いを求めたのである。彼は快く貸してくれた。晶彦は有り難いと思った。彼の友情に感謝した。

正月に親元へ帰っていた晶彦の姉幸恵は、晶彦の目を見て、眼科に行くよう勧めた。

そして、正月過ぎから、彼女の紹介する医院に通い始めた。医院は晶彦が通学している高校と同じ最寄り駅にある。下校後、通院出来ることも晶彦には都合が良かった。

この時、診察した医師が言った。

「結膜炎やが、君の角膜、結膜とも普通より弱そうや。アレルギーもある。特に紫外線や目の使い過ぎに注意した方が良い。従って、これから後、テレビで宣伝しているような充血を治すきつい薬は使ったらあかん。涙と同じ成分が良い。タオルは家族共用を避けるように…」

「はい」

「それに左の眼、この数年の間に衝撃を受けたことはないか？」

晶彦は少し考えて、中学三年の時、ノックアウトされたことを思い出した。もう、すっかり忘れかけていた。

「ちょうど三年前、殴られたことがあります」

「多分その時付いたと思うが、網膜のすぐ側に傷がある。かなりの衝撃を受けたな。しかし不幸中の幸いだった。ほんの少しずれて、もし網膜だったら失明していた。その時、診察受けたか？」

「いいえ」

「受けるべきだった。この傷が今後どう影響するか分からないけれど、網膜剥離の危険性もある。何処へ行っても、時々検診を受けなければいけない」

「そんなに厳しいものですか？」

「眼の中に爆弾を抱えているものと思って、くれぐれも注意というか…ともかく大切にすることや」

晶彦は、充血だけ治れば良いと思っていたのに、紫外線や使い過ぎに注意して、そして体の疲労も影響するから、決して無理をしてはいけないと宣告されショックを受けた。

「今後も…爆弾か」と、思うと沈んだ心が余計暗くなっていた。

就職までに、体調や目の充血など治るだろうか？　それでなくても心細いのに、病気の体のままで親元を離れるのは、なおさらなのである。そして今、この状態で、差し迫った期日までに、課題を全て仕上げなければならない。


何日か経って、晶彦は伊勢中川駅のプラットホームで、列車の乗り換え時、偶然にも由布子に会った。笑顔の彼女は小走で寄って来た。

「ワーッ、見違えた」晶彦は言った。

「初めて着たの」

「よく似合っている」

「ありがとう。お婆ちゃんがね、由布子もやっぱり女の子やなって」

幼い頃は別として、これまで制服を主体に、白、紺、黒、グレー系が多く、色物はほとんど着なかった。それが返って清楚さ、気品をより一層引き立てていた。

今日は淡いピンクのワンピースで、これも初々しい娘らしく、初めて見る晶彦には眩しかった。

「で、何処へ行くの？」

「お友達と鳥羽へ。…約束してるの」

「試験や受験から解放されたってわけか？」

「そう…中さんは何処へ」

「学校と眼科」

「目、どうしたの？」

「充血が治らない…冴えないことや」

「それは大変…大分悪いの？」

「大したことではない」

発車のベルが鳴った。

「早く乗らなければ」晶彦は促した。

「ええ、ごめんね…じゃまたね」

「うん」

由布子の乗った列車は発車した。由布子は窓越しに手を振った。高校通学時には出来なかったことである。

大学受験が終われば、すぐ晶彦に連絡を取りたいと由布子は思っていた。

そして、受験も終わって、連絡を取りたいのに、何故だか、素直に行動出来ないでいる中、あっさりと会ってしまったのである。高校に通い始めた時も、晶彦がどこに乗っているか分からない列車に乗り込んだにもかかわらず、あの満員の中で、あっさり会えたのもこの駅…、由布子は当時に思いを巡らせた。そして今までの、とうてい有り得ない数々の遭遇に、改めて強い運命を認識した。

入試結果はまだ分かっていない。しかし今日の由布子は以前と変わらず、体中から溢れるような、明るく、親しい心で接してくれたこと、晶彦にはよく分かった。このことが晶彦の悪夢を一度に吹っ飛ばしたかのように、設計や課題に力が入ったのは言うまでもない。

卒業式も終わって数日後、晶彦は津新町駅で、また由布子に遭遇した。

二人とも制服のままである。卒業後、化粧を始めた女子も多い中、由布子はまだ化粧をしていない。微笑みながら、由布子は問うた。

「今日も眼科？」

「うん…今帰るところ」

「こんな時に大変ね。どう？　まだ直らないの？」

「もう大分良い」

「大事にしてね」

「ありがとう」

「大阪に行かれるんですってね？」

「うん」

「いつ？」

「三月の末」

「もうあまり残ってないわね…」

「うん」

「ねっ、住所教えて？　ずーっと前から聞こうと思っていたのに、今日になってしまった…」

そう言って、由布子は手帳と万年筆を差し出した。

受け取った晶彦は書こうとするが、手も体も震えて、思うように書けない。…住所を何とか思い出して書いた。普段でも汚い字が、見るに堪えがたい字になった。

この様子に、由布子はハッとした。〈今まで気付かなかった。これほどまでに私のことを…〉口にこそ出さないが、感激と嬉しさで胸が詰まった。そして、この時ハッキリ、以前のように、いや、それ以上に全身が熱くなるのを感じた。

由布子の心情を知らない晶彦は、手帳を手渡しながら、恥じらうように言った。

「読めるかな？」

「うん。充分よ、ありがとう。お手紙出すわね」

「ああ。ありがとう、僕も書くよ。で、これから何処へ？」

「今日、入試の発表日で、これから見に行くの」

「そう。きっと、合格しているよ。間違いない」

「なら良いけど」

「では…また…」

「うん」

晶彦は一人になって帰路、一緒に行ってやれば良かったと思った。気がつかなかった。それほど緊張していた。〈今までもこんなことばかりや〉そう思った。

眼科に通うのは悪い出来事でも、そのおかげで会うことができ、住所を聞いてくれた。そして今後に期待が持てるようになった。

この地を離れれば、このような遭遇も無くなる。そして、もう、つながりが切れるのではないか、そう思っていただけに、晶彦は思いがけない大きなプレゼントをもらったように嬉しかった。それにしてもあの字は…。

また一句できた。

「ねっ、教えて？」

震え手で書く　就職地

「手が震える…」このことに、以前、似たようなことがあったような？

「何だったかな…フォークダンスの時？」晶彦の脳裏をかすめた。

晶彦は家に帰ってから、由布子が戻っている頃合いをみて、最近布設されたばかりの有線放送回線を使い、由布子に電話を掛けた。

（この頃、日本電信電話公社（略称、電電公社、後のＮＴＴ）の電話機を設置しているのは商売人と資産家ぐらいだった。布設費用、通信料金とも高価なことから、一般家庭に普及していないのである。急ぎの用件は電報、詳細は手紙という手段が一般に多く使用されていた。この地方の有線放送回線は農協によって布設された。布設費用、通話料金とも農協持ちで、全家庭無料である。通話範囲は白山町内のみだが、布設されたことによる便利さは言うまでもなく、人の行動にも大きく影響を与えた。後に技術の進歩や規制緩和によって、電話やファクシミリの一般化、その後インターネットによるメール、更にその後、携帯電話が普及することになる…。農協は農家への道具、肥料、種、苗、生活用品、食料などの販売、そして農家からは収穫物の買い取り、更には映画や旅行などの娯楽提供サービス、また更には預貯金、貸し付け、保険などの金融業を兼ねた総合商社のようなものである。その上、葬儀のように、急に大きな出費が発生した時、皆顔見知り、かつ、信頼で繋がっているため、当人が行かなくても付け買いができるなど、何といっても存在感は大きい。」

交換台の女性から、案内メッセージが聞こえた。

「どうぞお話し下さい」

晶彦は緊張して話しかけた。

「もしもし、牧村さんですか?」発声がたどたどしくなった。

「はい」

「あ、あのう…ゆ、由布子さんお願いします」どもってしまった。

「わ、わたし…」小さい声で返ってきた。

「あ、あ…あのう…し、試験どうだった?」

直接由布子が出たから、言葉にならない。

「何とか合格…」

「お、おめでとう…それは良かった…良かった」

「ありがとう」

慣れない電話、そして顔を見ることなく、二人が電話で話すのも初めてで、話し方や声まで普段と違い、二人ともぎこちない。今、由布子と繋がっている。向こうの受話器には由布子がいる。喋れば、何でもすぐ彼女の耳に入る。告げておきたい大切な一言…出かかっているのに口に出ない。

近いうちに、この町を発たなければならない。もう会えないかも知れない。今度こそ、これっきりになるかも知れない。いや、そうはなりたくない…あれこれと思いが巡る。それでなくても緊張するのに、話しておきたいと思うと余計に緊張して、他の話題も出てこない。ただ口が渇くだけである。

初めて自分から連絡しておきながら、一言が言えないどころか、一般的な話も出来ないもどかしさ…。

「さようなら」

沈黙が続いた後、晶彦から出た言葉は味気ないものだった。

「わざわざありがとう…さようなら…」

由布子は晶彦の一言を期待した。彼女もまた言い出せなかった。

このとき由布子は、受話器を持ったまま震えている自分に気がついた。初めてのことである。そして沈黙の間、由布子は晶彦の心や告げたい思いを、その一言以上に受け取っていた。

「純朴で、一途に私だけを思い続けてくれている晶彦さん」

心の中で、そうつぶやいた。受話器を置いて、手帳を開いた。この震えた文字…指でなで…愛しく、愛しく思った。目をつむって頬に当てた。そのうち、言いようのない幸せの波が満ちてきた。そして、大きな瞳に充満した熱いものが溢れ出て頬を伝った。


就職先を伝える機会、その上、せっかく電話を掛ける機会まで与えられたのに、いずれも全く様にならない。由布子に対しては何故こうなるのか、つくづくあかんたれやと、自分を責める。

それにしても、今、この時期に、人数の多い同校生、友、知人に会うことなく、由布子だけに出会った。それに、もし数秒でもずれていれば会えなかったに違いない。しかも、そこは、高校入学式の日、晶彦は父と、由布子は母と、一緒にいて遭遇した場所である。

今までも、まるで見えない糸で繋がっているか、古《いにしえ》からの絆でもあって、二人を結び付けるかのように、幾度となく、偶然だけでは済まされないような凄い機会があった。ともかく並のことではない。そう思うと、彼女との期待感がむくむくと湧いてきた。

ともあれ、疲弊しきって生きる気力さえ無くしていた晶彦に、未来へのエネルギーが満ちてきたのである。しかしその裏で不安も交錯している。逆のカップルなら無くもないが、由布子は大学へ、しかも国立、晶彦は就職、世間で重視する釣り合わない強力な項目がまた増えたのである。

通学列車の中で、社会人から聞こえてくる話題は競馬、競艇、競輪、麻雀、そして博打の話や会社の愚痴など、学問とはほど遠いことばかりである。これらを耳にするにつけ、晶彦には彼等が堕落しているように思え、自分もその世界へ入って行かねばならないことに、嫌悪感さえ湧いていた。学校で習う学業が好きというわけではないが、考えたり研究したりすることが自分には合っているように思う。

ある時、級友と職員室へ行った時のこと。

「君の数物は特別な何か、素晴らしいものを持っていると、担当の先生方が言っていらっしゃる」

担任の教師がこのように言ったため、級友から皆に広がってしまったことがあった。学んできた小、中、高の教師がサイエンスに対する晶彦の才能を認めている。晶彦自身もこのことに多少は自信を持って良いと思うようになっていた。

高校での数学、物理学、化学、それに様々な力学との出会い、中でも「科学を数学で扱い、解明、証明、説明等ができる」これを知ったことは大きい。これによって、より高度なサイエンスを少しは自己学習できるようにもなった。また、それらを応用することにより、それまで疑問に思っていたことが、自分なりに納得できたものもある。その中には、中学校の時、知らなかったキュリー点や電子の性質の一端を知ったことにより、〈地磁気は、もしかして地球の回転から発生しているのではないか？〉…そのようなことも考えたりしていた。そして、色々な知識を得たり、考えることによって、新たにより高度な解明への誘惑が湧いてくる。そんなこともあり、一層興味を持つようになっていた。大学に進めば、更に高度な理論のもと、現れ始めた独特の発想力によって、今の疑問も解け、もっと飛躍するに違いなく、今、学業の世界から離れる寂しさは言い様もない。

自己の意志でなく、生まれた環境で進路や将来が分かれてしまう。費用のことを心配しなくてもよい平等な機会が与えられれば、進学や進路は当然のこととして前向きに未来を描くことができる。そして、世間で天才と言われるような能力を持たなくても、「志」ある者がそれに挑んでゆくことができる。せめて教育だけでも、機会は公平であったらと思う。

また、若い一度しかないこの時期に、大学は違っても、由布子とともに学生生活が送れたら、どれほどの喜びだろうと、詮無い想像もする。近々、自己の全てである由布子が住むこの町を離れなければならない。その寂しさ、辛さ、切なさ…は例えようもない。

由布子の母から彼女の気持ちを聞いて以来、彼女の明るい声、彼女が弾くピアノの音、そして二人の愛が満ちた世界で、好きな科学を研究出来たら…そんな毎日を心に描いていた。全てが儚い夢なのだろうか…夢で終わらせたくない…。

最終章

一、至福と絶望

会社の寮に入って、一番先に届いたのは由布子からの手紙だった。手紙を読んで思った。俺には彼女がいる、もう、何も怖い物はない。何でも出来る。一生懸命やるだけだ。晶彦は奮い立った。以来文通が続くことになる。

見知らぬ街で、見知らぬ人たちばかりの中で暮らしていらっしゃるあなた、きっと、寂しい思いをしていらっしゃることと思います。私なんか、とても耐えられません。私はこちらから応援しています。私の応援では駄目かな?……

今日、大学へ行く朝、あなたへの手紙をポストへ入れたばかりなのに、夕刻、家に帰ると、あなたからのお手紙が届いていました。嬉しく拝見しました…

成人式で、あなたを探したのですが、見当たりませんでした。お帰りにならなかったのですか?

私は初めて振り袖を着たのですが、好きな中華料理もあまり食べられなくて…


去年は私が受験したのですが、今年は受験生の伴奏をしました。

慣れているピアノなのに、去年以上に緊張しました…


あなたは設計のお仕事に励んでいらっしゃるのですね。

私は教養課程が終わり、嫌いな科目から解放され、この春はのんびりしています。

今、レースで母のショールを編んでいるのですよ。

お料理も少し、私だって女ですものね。

そして、お小遣いを稼ごうと、アルバイトに子供たちへピアノのレッスンを始めました。それに、エレクトーン、ギター、コーラスにも手を出しています。少し欲張りかな?…


来て下さるものとばかり思って…

楽しみにして…

五時、五時半、六時…と、お待ちしていましたのに残念でした…

以前来て頂いた時には、楽しいお話を沢山聞かせて頂いたのに…

私は悲しくて…、母もがっかりしていました。
あの日、何度も、お家に電話したのですが、お留守のようで…
でも、あなたがお元気だったと聞いて安心しています…
今度、お会いできるのはお盆休みかしら？
今から楽しみにしています…

彼女が故郷にいる。誰よりも自分のことを理解し、応援してくれている彼女がいる。そして、いつでも会うことが出来る。ただそれだけで、どんな困難にも立ち向かえる…。

このような中にあっても、彼女を思うと、彼女からピアノは離せない。ピアノも置けない、狭いアパートで生活する彼女の姿は想像できない。彼女そのものが死んでしまう。彼女はピアノが悠々と置ける大きな屋敷が似合う。

幸せの　裏に苦悩の　二十歳過ぎ

何とかしなければならない…何とかなるかも知れない…。
一人前になるには、大卒でも十年はかかると言われている技術の習得を三年でやるんだ。その裏には由布子が大学を卒業する、それまでに…と、いう思いも大きく作用し、ともかく遮二無二頑張ろう…晶彦はそんな気概を自らにたき付けていた。

そんな折、三年目になったある日、他部門の佐倉部長から晶彦指名で、大きな、そして難しい仕事が回ってきた。高卒三年目で、このようなことは異例らしい。

晶彦はこんな時、ファイトが出る方だし、指名して下さった部長に恥をかかせてはならない。自分のプライドに賭けても失敗しない。必ず成し遂げる。そう誓った。分野は、機械のことはもちろんのこと、電気、化学、材質、電子化学的反応など、多方面の知識やアイデアが必要で、実験をしなければならないこともある。そして、これら全てを一人で進め、設計して稼働するまで見守るのである。昼、夜、休日など、関係なく、このことに没頭した。

そして、一年ほどかけて、予算よりも安く、納期より早く、なんとか成し遂げることが出来た。創立記念日には表彰も受けた。

短期間ではあったが、振り返ってみると、考えられないような多くの学習をし、構想し、細部を考え、それを成し遂げたことで、自信や実力はかなり付いたようにも思う。それだけ集中したと言える。しかし、大きな仕事をしたとか、実力が上がったからといって、給料は急に上がるものではない。給料や人事の多くは学歴や年功によって決まっているのである。従って晶彦の生活水準は変わらない。晶彦の心で燻っている懸念は拭えないのである。

〔ちなみに、この時、晶彦が作った一連の設備機械は、世界中で多く使用されるようになる製品の、日本初の量産機械だったのである。何年かして、すでに退職していたが、晶彦もそのことを知ることになる。あのことだけに没頭したけれど、あの時、自分は最先端の仕事をしていたという満足感と、後記する悲しみの思いが交錯していた。晶彦が没頭した仕事は昭和四十二年、二十一歳の時のことであった。〕

仕事に没頭したその間、手紙を出したり、田舎に帰ることも無に等しかった。

仕事が一段落したある日、晶彦は約束だけでもと、意を決し手紙を出した。

「青山高原へ登りませんか?」と、問いかける内容だった。これは予てからの約束した内容でもある。そして返事を待った。

—今まで側にいたのに、由布子の姿が見えない。

晶彦は混んだ電車の中を先頭車輌から最後部の車輌まで何度も行き来して探すが見あたらない。

「どうしたのだろう」必死に探す。電車を降りて、人混み、川原、野道…さ迷い探し歩いて…いつの間にか広い原っぱにいる。他に人気はない。よく見ると一面のススキは皆枯れて、薄暗く荒涼としている。由布子はどこにいるのだろう。

「由布子ーっ！　由布子ーっ！」

大声で呼んでも、応答が無い。早く探さねば…歩いても、歩いても、どこまでも、どこまでも、薄暗く荒涼とした枯れ野が続く。そしていつしか、「雪姫様ーっ…雪姫様ーっ…」と、叫びが変わって、それが、「由布姫様ーっ…由布姫様」になり、冷たく重い甲冑《かっちゅう》を身に付け、戦を終えた荒野に、自分がただ一人立っていることに気が付く。体が重く、寒さがますます身に染みて来た。

「由布姫様ーっ、由布子ーっ」と、叫んで目が覚めた。

布団は剥がれ、朝の寒さの中、汗をかいて、自分の部屋の中でもがいていた。〈ああ夢か…〉何と寂しく暗い夢か——。


彼女の母親から返信が届いた。

「ごめんなさい。由布子はもう、いなくなりました」という内容だった。

〔由布子は入院していた。「晶彦さんには、何も言わないで欲しい。今後病状がどうなるか分からないが、もし、命に関わることがあっても決して知らせないで欲しい。私が死ねば彼も死ぬ」と由布子は母親に何度も言っていた。〕

もういなくなったとはどういうことか…何があったのか？　晶彦は納得できず、彼女の友人へ問い合わせた。

「病名や、詳しいことは何も分からないけれど、名古屋の大学病院で、亡くなられたんじゃないかしら。でも、実家での葬儀も無かったし、なぜか伏せられているようで、どうなっているのか、皆、不思議に思っているんよ」

かつて、晶彦に病んだ顔は見せたくないと言ったことや、もし死ねば自分も死ぬと、お互いが言い合ったことを思い出し、あれこれと思いを巡らせた。

〈本当に、もうこの世にいないのか。この俺に一言もなく逝ってしまったのか…とても信じられない…信じたくない…。それとも他に二人を離さなければならない理由が、あったのか？〉晶彦は由布子の死を信じられないまま〈生きていて欲しい…仮に離れなければならないことになろうとも…〉と祈った。

しかし、いずれにしても、二人のことを知りぬいているあの母親が、「いなくなった」と言ったのは、精一杯の返答だったのかも知れないと晶彦は思う。

晶彦にとって、信じられないことだが、晶彦の世界から由布子がいなくなったことは間違いないようだ。

晶彦の世界から、突然、由布子がいなくなった。晶彦の全てを支えていたものが無くなってしまったのである…ぷっつりと切れるように…。

神様は今まで二人の間に考えられないような、味方をして下さった。

しかし、こんなことになるなら、何故会わせたのだろう。惨すぎる。取り留めもない恨み心も湧く。楽しい至福の時間が思い出されて、どうにもならない。…諦められない…止めどなく、止めどなく込み上げてくる惜別の思い…この思いはどうにもならない…どうすれば良い？…晶彦は今までのことを、何度も何度も思い起こした。

〈ああ、あの曲に、まだ詩も付けていないのに…〉

幾多の出来事も、共有出来る相手がいてこそ、思い出ともなる…。一人で持つ思い出は、夢の中の出来事と変わらないではないか…。由布子が本当にいなくなったのだ…。こんなにも辛く、苦しいものか。晶彦はもがきにもがいた。

彼女がいない世界は、晶彦にはもう考えられない…。晶彦は、これで自分の全てが終わったと思った。生きていても仕方がない…何度も何度も死を考えた。

その度、祖母のことが脳裏をよぎり、自らも経験した、その及ぼす影響を考えると、それは出来ないと思い直したりもする…。

晶彦のあまりの変わりように、「どうしたのや、蝉の抜け殻のようや」と言う友もいた。晶彦は友にさえ理由を言わないで、一人苦しんでいた。

心の要が無くなると、人から湧き出る光輝くような、底知れないエネルギーも全く無くなってしまう。心の生死は紙一重なのである。由布子で充満された晶彦の心中は、そう簡単に置き換えられるほど、器用ではない。晶彦の言葉を借りれば、そんな安物ではない…。

今度こそ　思い込めたる　ネックレス
　　渡しそびれて　なおも輝く

愛おしき　君だけが居た　我が世界
　　一途な思い　いかに癒やさん

二、治まらぬ鼓動

あれから二年が経った。ある給料日前日の終業後のこと。

「総務の片山さんが『もう中さん帰られましたか』って聞くので、『いいえ、まだ仕事中よ』と言っておいたわ」

和歌子が中晶彦の席へ来て言った。

「何か用事あるのかな？」

「ただ聞いてみただけじゃない。一緒にハイキングにでも行けば、殆どの女の子は、中さんのファンになるのだから…それにね、私、羨ましがられているの。『お茶くみでも良いから設計室へ行きたい』と言う女の子、結構いるんよ」

「ふーん」

「片山さん、中さんのこと好きなのよ。きっと」

「それは考えすぎや」

「そうかしら？」

「僕は一段落するまで、もう少し、仕事、終われない」

「私も付き合うわ。事務処理残ってるの」

晶彦の隣の者は帰ってしまっている。

和歌子は必要な物を晶彦の隣の席へ持ってきて、仕事を始めた。晶彦の隣でそろばんの玉を弾く音がしだした。晶彦は計算したり、製図板に向かったりして仕事を進めている。

このようなことは残業だけにとどまらず、昼間でも時々ある。和歌子だけでなく、他部門からも男子が技術相談に来たり、女子も晶彦の所で、少しの間、談笑して行くことが多い。晶彦は上司から、女の子を近づけないよう注意を受けているが、無視していた。

「お茶でも入れましょうか？」と和歌子が言った。

「いや、もう良いよ。もうじき終わるから」

「私も終わることにするわ」

仕事を終えた時、部屋の中は二人になっていた。

「戸締まりを確認しよう」

「広いから窓も多いね」

「僕は明日も出勤や」

「忙しいのね」

「うん」

「このところ、毎週出ているんじゃない？」

「大きな仕事の割には、納期まで期間が無いんや。それに休日は、はかどるし」

「誰かさんとおデートでもしないの？」

「僕には関係ない言葉さ」

「何だか寂しい言い方」

「和歌ちゃんこそ、良い若い女の子が週末の金曜日に残業なんかして…」

晶彦は設計室で事務仕事をして、二年目になる木村和歌子と話しながら、手分けして戸締まりを終えた。

「タイムカード押しておくわね」

「ありがとう」

守衛のいる門を出て、何か口ずさみながら、ステップするように、あるいは小躍りするように、前を向いたり後ろを見たりしていた和歌子が、晶彦と並んで歩きだした。もう薄暗くなっていた。

「ね…今日一緒に帰らない？」

「僕は良いけれど、僕なんかと一緒に帰っていると、和歌ちゃんの彼氏に怒られるよ」

「いないもの…知っているくせに…」

「なら、言いかえる。彼氏出来ないよ」

「いらんお世話よ。ご自分のこと、お考えになったら？」

「一本取られたね」

「うふふ…宜しかったらお食事、ご一緒しません？」

「恋人いない者同士か」

「そうよ」

この辺りは大企業の工場ばかりで、商店や喫茶店など一切無い。これらの用を足す

には帰路も考えに入れると、三十分余り歩いて、ＪＲの最寄駅近辺まで行かなければならない。歩きながら、

「御馳走してあげたいけど…給料前で軍資金が無い」

「分かってるわよ。これ使って…」と言って、和歌子は晶彦に財布を渡した。

「そんなの悪いよ。日を変えて僕が御馳走するよ」

「いつもお世話になっているもの」

「お世話になっているのは僕の方や。時折弁当を持ってきてくれたり、残業時の差し入れや、僕はコーヒーが合わないから、特別なもの用意してくれたり、ハイキングの時の弁当など、数えればきりがない」

「気にしないの」

「ありがとう。でも、今日よくお金残っていたね」

少し言いにくそうに、

「今日のために残しておいたの」

晶彦は一瞬胸が詰まった。それを隠すように、

今日のため　残したのよと　そっと出す
　給料前の　アフターファイブ

と、読んだ。

「それなに？」

「可愛いと、いうこと」

「私、可愛い？」

「じゃあ、そのお金借りておくよ」

「そんなこと言わないで。怒るわよ」

「じゃあ御馳走になる。和歌ちゃん、怒ったら怖いからな。高校生の妹さんのことでは堪えたよ。何のことだったか忘れたけど、少し鎌を掛けたら、『どうしてそれを知っているの？』と言う。妹さんに聞いたと言ったら、『妹と会っているの？』と言う。僕は会ってもいないのに、偶然会ったんやと言ったら、和歌ちゃんは、『会っているんや』と決めつけて、『辯天《べんてん》さんの花火、家へ御招待しようと思っていたんやけど、もう止めや。妹に、中さんのあること無いこと皆喋ってやるんや』と言って、急に泣き出して。同じ職場にいるのに、それから長い間、一言も口を聞いてくれないんだもの。僕には何が起こったか分からないし、ともかく困ったよ」

「もう、あのことは言わないで。中さんが妹と付き合っていると思い込んでいて、悔しかったんだもの。だって、妹も『中さんを好きになった』って言うんだもの。ハイキングに連れて行かなければ良かったと後悔したんよ」

「妹さんも気の毒に。とばっちりを受けて、ええ迷惑を被ったものや。で、すぐ仲直りできたの？」

「それが、妹もいい気になって、『中さんと付き合っている』と言ったのよ」

「妹さんに、からかわれたのやな」

「そうでもないかも…付き合いたいと思ったのかも…」

「でも、あの時は、話って難しいと思ったよ。骨身に応えた」

「そうよ。私には何事も正直にしなければね」

「それに、僕が悪戯したら倍返しされた。いや、それ以上かな」

「それって何よ」

「健康保険組合から配られた、牛乳の上に置かれていた氷を、和歌ちゃんの背中に入れたら、その後、そっと近づいて、椅子で寛いでいる僕の背中に、たっぷり氷を入れられた。『お返しは倍返しというでしょ』と言って」

「ああ、そんなことあったわね」

「和歌ちゃんの場合、氷は通り抜けて、そのまま床に落ちたけれど、僕は、下着のゴムやバンドがあるから、背中の腰の辺りで留まって大慌てだった」

「あれは面白かった。だって、中さんが悪戯仕掛けたんだもの。真面目くさった顔して、あんな悪戯するのだもの。でも、面白い人だと思った」

「ワラビ飯、美味しかった」

「良かった。この前の日曜日、採りに行ったんよ」

「温かい家庭の味がした。きっと良い家族なんだろうな」

少し間をおいて、

「私が入社した頃、指を怪我して社内の診療所へ行ったとき、会社も終わっているのに、中さんは診療所の外で自転車にまたがって待っていてくれたんだってね。そして、私の怪我が診療所の処置で充分と分かって、帰ったと聞いたわ」

「そんなことがあったかな？」

「診療所で手に負えなければ、病院へ連れて行くつもりだったらしいね」

「多分、そうしなければいけないと思ったんやろな。でも、僕も馬鹿やな。会社には自動車が沢山あるのに。それに、自転車の二人乗りは違反だよね」

「ううん、嬉しかった。私の近くに、こんな優しい人もいるんや、ナイトみたいな人やと思ったわ」

「ナイトか。その割には、あの頃、僕を避けていたように感じていたけれど？」

「ふふふ、わ・ざ・と・ねっ…」

「何故？」

「何でもいいの…」

「うん？」

「女だもん」

「？？」

「でも、嫌なこともあったのよ」

「うん？」

「だって、色々と女の人の…」

「うん？」

「これも、もういいの」

「うん？…でも、変わったな」

「私、中さんのこと、見てたもん」

「そう？」

「ところで、中さん、結婚しないの？」

「唐突なこと聞くな…ともかく、相手もいないし、金も無い」

「社長秘書の杉山香里さん、中さんのこと、『田舎に良い人いるのでしょう』って」

「杉山さんには強い印象が残っている。会社の有志でスキーに行った時のこと、民宿の前で僕が上着を脱ごうとしていたら、何も言わず後ろから脱がしてくれたんや。僕なんか…感激したな。女性に脱がせてもらったの初めてやった」

「ハイキングに行った時、私たちもいるのに、杉山さんから手を差し伸べて、中さんに片手を預け、身を支えさせて、他の手を水に浸したり、色々気になる仕草が多いんよね。好きでなければ、あんなことしないもの。それに、中さんと杉山さんが並んで楽しそうに話しながら、私の前を歩いているのを見て、私、腹が立って、二人の間をこじ開けるように通り過ぎたことがあったでしょう？　あの時も思ったのよ。中さんと杉山さん、お互い好きなんじゃないって…そんな気がするわ」

「そう言えば、あの時、杉山さんも設計室へ行きたいと言っていたな…『何故なんや？　社長秘書なんて、望んで誰でも行ける職場でもない。女性なら、皆、憧れている仕事なのに…』と言ったことがあった」

　あの時、晶彦の弁当を持ってきたのは和歌子であった。早朝の待ち合わせであったため、朝早くから起きて作ってくれたに違いない。内容を見ても手間が掛かっているように思えた。それを思うと晶彦は胸が痛んだ。

「そうか、僕も悪かったのやな。杉山さんは素晴らしい女性だから、僕もいい気になっていたのかも知れない…そうや、この際言っておかなければいけないやろな…でも、杉山さんは鋭いな。杉山さんの推測通り、僕は田舎に好きな人がいた。中学校の同級生だった。過去形やがな。でも、僕の心の中は、過去ではなく、今でもいるんや。

それほど大切な人だった。百人一首の周防内侍《すおうのないし》と紫式部の源氏物語から、少しひねって、いつか詠んだ歌がある」

春の夜の　夢ばかりなる　里の花
　思わぬ間無く　忘られぬ人

「そんなに思っているのに、何故、その人と一緒にならなかったの」

「いなくなった」

「いなくなったって？」

「亡くなったか、どうか分からない。でも、僕の世界からいなくなったことには違いない。彼女は僕の心に鮮烈に焼き付いていて、深い残像は残ったままなんや」

「そんなにまで思われてその人幸せ。私も思われてみたい」

「でも、中さんは正直な人やね。他の人は、そんなこと隠して巧みに立ち回るのに」

「忘れられないというか、不器用なんだよ」

「その人を思って、一生独身で過ごすつもり？」

「後のことは分からないけれど、今はどうしようもない」

そして思い出すように、

「それに、それまで何かにつけて運が良いと思っていた。彼女が僕の世界からいなくなってから、急に色々な辛いことが続いた。中でも僕の名刺を使って、詐欺をされ、兵庫県警の刑事が訪ねて来て、総務部立ち会いの下で、色々聴取されたときは辛かった。僕は育ちが貧しいが故、なおのこと、幼い頃から、大切に持ち続けてきた信条のようなものがある。貧しくても〔高潔で品格高いプライド〕、それが、あの時ズタズタにされてしまった。彼女のことで、生への気力が無くなっていた状態だっただけに、あの時の僕の心は、誰も想像できないと思う。彼女はそれまで、僕を守ってくれていた女神でもあったのや」

「中さんに、そういうことがあったの。可哀相に。それで、この頃、一心不乱にお仕事してるのね？」

「彼女のことは、今日初めて話すのや。僕のことで迷惑を掛ける人がいてはいけないと思って。僕と同じ思いはさせたくない」

「私が入社する前のことだったけれど、ある時、中さんの様子が急におかしくなったって、聞いたことがあるわ。それまでの、中さんの仕事のことは私も聞いているし、今の中さんを見ていても分かるわ」

「詐欺の件は犯人が逮捕されて解決したが、僕にとって最も辛いことが、追撃的に起こって、それまで幸せだっただけに、あの時以前の心にはとてもなれそうにはないのや。人生は一瞬にして変わってしまい、外から見れば、もう過ぎたことであって、何でもないことに見えても、本人の心に付いた傷は、そう簡単には消えるものではないことを、身を持って味わった」

「そうよね。その人しか分からないこと…」

「思い出したくなくても、いつも心に…」

「私が癒やしてあげる。彼女の代わりになれないかも知れないけれど」

「嬉しいこと言ってくれるね」

「先ほど高潔でプライド高い品格と言っていたわね」

「うん」

「あれも、中さんの魅力として出ているのではないかと、今、初めて気がついたわ。女の子が中さんのファンになるのも…」

「そうかな」

「〝手鍋下げても〟っていうこと、知っている？」

「分かるような気がする。けれど、僕は田舎で貧乏暮らしが身に浸みている。妻になる人や子供には、あのような思いはさせたくない。彼女がいた頃も、そう思って悩んでいた。お金だけが人生でないことは充分分かっているが…」

「夫婦二人で力を合わせれば…」

「そんな、簡単なものではない」

「ああ、そうだ。私に通帳と印鑑を預からせて」

「どういうこと？」

「だって、中さん、お金全部使ってしまうんだもの。それでは結婚費用も貯まらないでしょう。私が管理してあげる」

「有り難う。和歌ちゃんは心根が優しいし、可愛いね。でも…」

「ね、良いでしょう？」

「僕は入社した時、直ぐ上の班長、それに課長、公私とも、良い指導者というか、良い上司に恵まれていた。夢があった。あの小さくて細い体で、課長は頑張っていらっしゃった。僕はお二人とも尊敬していた。あのお二人がいらっしゃらなかったら、今の僕はなかったと思う。それに、他の部課にも父や兄のようによくして下さった方々もいらっしゃった。しかし、僕の身辺も含め、何もかも変わってしまった。それに、このまま会社にいても、仕事や実力とは関係なしに、高学歴で期間を掛け、年功で何とか暮らせる程度の収入になるだけだし。人生を賭けられることではないかも知れない。和歌ちゃんには言っておきたかった」

　軽食喫茶で、注文したものをほおばりながら、

「会社を辞めるということですか？」

「うん、おそらく。もうどうなってもいいとも思うし」

「捨て鉢になったらいけないわよ。それに、中さんも細い体、気をつけなければいけないわ」

「色々心配してくれてありがとう。何かしなければならないと思う心もある。一歩を踏み出さなければ少しも前には進まないから……。仮にお金にならないことであっても、何か世の中に残ることをしてみたい。そういう気持ちもある」

しばらく沈黙して、

「一般的に、女性は年頃になると複雑な気持ちになると想像できるが、当たり前のように焦るかのように嫁いで行く。その時、結婚相手とは別に好きな人がいる人もいると思う。彼の年齢が近ければ、経済力が無い場合も多い。このような時、どのような気持ちなのやろな。男から見れば、彼女が別の男性に嫁ぐというなら、どうすることもできないし、連絡さえ取ることができなくなるならば、彼女は死んでしまったも同じことなのや。しかし、辛い思いだけが残る」

料理をほおばり、少し間を置いて、

「私、お見合いの話出ているの。どうしたら良い？」

「そうか、和歌ちゃんもそんな歳だものな。今日はそれを言いたかったのか？　でも、なんで僕に相談するの？」

「だって…だから色々悩んでるのじゃない」

「でも、君が嫁いでいなくなれば、僕は悲しくなるな…和歌ちゃんとは、色々あったからな。会社の帰り、四人でアイススケートリンクへ行った時、僕がヨタヨタしていたら、和歌ちゃんが手を繋いで支えてくれた。調子が出てきた頃、一緒に行った一人が、二人の間をしゃがんで滑り抜けたため、僕たち二人は手を繋いだまま尻餅をついて、二人のズボンとスカートはびしょ濡れ…それに、仲間たちとドライブに行ったり」

「私が赤色のハイネックのアンダーシャツを着ていた日、中さんはスキー帰りで、たまたま同じもの着てたことあったわね」

「和歌ちゃんは『ペアルック』と言って、はしゃいでいたね」

「そうね、思い出したら切りがないわね」

「ふと、今、思ったのだけれど、もし、田舎の彼女が近くにいて、和歌ちゃんとしているようなことや、くだらないもめ事や、色々な話をしていれば…いや、そうしてみたかった…」

食事を終え、レモンティーを飲みながら、

「もうじき金剛山に樹氷が付き、雪も積もるね。初樹氷の頃、私を金剛山へ連れて行って」

〔金剛山は大阪府と奈良県にまたがる標高一一二五メートルの連山のこと〕

「どうしたの？」

「私、心を決めたいことがあるの。他の人を誘ってはだめよ。ね、お願い、約束して！」

「うん、約束する。でも、何事が起こるのやら？　何だか怖そう」

そして一年後、和歌子はお見合いで決めた相手との結婚式が近づいていた。

「中さんと結婚するとばかり思っていた」と言う同僚が何人かいた。それほど和歌子は晶彦の側に来て、あれこれと世話を焼いていた。外から見たら、それが自然と思えたのかも知れない。晶彦にとっても、和歌子の気持ちが分かっていて、情が移っているだけに、彼女がいなくなると、寂しくないはずはない。何とも複雑な心境である。

式の前日、「式場からさらってゆこうか」と晶彦が冗談を言うと、「そうしてくれたら、どんなに幸せかしら」と晶彦の目を見て、寂しそうに言い残して嫁いで行った。


それから数週間後、かつて大きな仕事に晶彦を指名してくれた他部門の佐倉部長と、晶彦の設計した機械を見て、なにかと役員室へ呼ぶようになった村山常務、合わせて三人は、新幹線で東京へ向かっていた。目的はグループ企業で㊙プロジェクト結成のためである。晶彦もまだ内容は聞かされていない。晶彦にしては、現在の仕事をしつつ、全く別の仕事が加わったわけで、今でも忙しいのに、面倒なことぐらいにしか思っていなかった。しかし、尊敬しているこの二人が晶彦を指名したのには違いなく、晶彦の立場では異例中の異例のことだった。そう考えると、このプロジェクトへの期待も湧きつつあった。高卒の平社員である晶彦にとって、この二人とは役職的にもかけ離れており、東京まで、どのような対応をしたら良いのか、戸惑っていた。しかし、二人とも結構気さくで、逆に晶彦を気遣っているようにさえ思えた。言葉使いこそ気をつけてはいるが、晶彦は常に媚びへつらうことなど一切しないし、誰にでも対等に接しており、今日も普段のままでいこうと決めた。

プロジェクトの結成会合も終わり、三人は会合場所だったビルを出た。常務と部長はそれぞれ私用があるとのことで、晶彦から離れて行った。

晶彦は街の雑踏を好まない。早く東京を離れて大阪へ帰ろうと、最寄りの駅へ向かって歩いた。駅に近付いて、晶彦はハッと一人の女子学生の姿に心を奪われ、視線が彼女を追った。その姿はうららかな陽光を浴びて、人混みとともに駅の中へと消えて行った。晶彦は視線を逸らさず、ただその場に佇んでいた。

出張のことで頭がいっぱいで、一時潜んでいた由布子の存在が、ひょっこり晶彦の心に戻って来た。あの笑顔、明るい声、仕草、そして、教室での彼女など、数々のシーンが、次々と輝き始め、あの至福のステージが蘇ってきたのである。

「どうなさったのですか」

肩を叩く優しい女性の声が聞こえた。

「いえ、何も」

そう応えたものの、同じ所に佇んだまま思いの外、時間は経過していて、目は涙で潤んでいた。最高に幸せな思い出は、最高の辛さにも変わるのである。

いつしか新幹線の窓際のシートに座っていた。晶彦は顔を窓の方を向けている。涙が溢れ出て止まらない。晶彦はまだ、あの至福のステージの中にいた。由布子は咲き始めた花のように、瑞々しいまま微笑んでいる。しかし現実の晶彦の側に、彼女はいないのだ。

髪がたや　似た後ろ影　心《むね》を突き
　　なお治まらぬ　鼓動…

と、まで詠んだ。しかし、後が定まらない。

悲しくて、切なくて、そして、儚く、空しい思いが入り乱れ、愛しさが止めどなく込み上げてきて、渦を巻いているのである。

いつしか、彼女の写真を抱きしめていた。かつて、彼女に送ってもらったもので、いつも大切に胸ポケットに入れていた。今も、彼女は晶彦の全てなのである。

三、約束の詩

その後、半年が経った。由布子がいなくなって四年余り。晶彦は立ち直るためにも、自分なりに懸命に頑張ってきた。いくら良い仕事をしたって、楽しいはずのことをしたって、何か物足りない。何をしても張り合いがなく、満たされない。由布子がいたときのような、充実感、至福の心はどうしても味わえない。好意を持ってくれる女性もいるが、由布子の代わりはいない。由布子でなければ駄目なのである。

人にとって、どうしても無くてはならないものがあるのではないか？

晶彦にとっては由布子が絶対に必要で、ごまかしも、変更もできない設計図そのものであり、この一途な心はどうすることもできないのである。晶彦の心は、もう決まっていた。

〈俺も由布子の所へ行こう…。場所はあの河原が良い〉

晶彦は故郷へ帰った。実家で一泊し、普段と変わらず両親と会話をしながら、晶彦は申し訳なさに心で泣いていた。

土曜日の午後、中学校の体育館へ行った。顧問は替わっていたが、以前のように挨拶を交わして、プレイをさせてもらった。一汗流した後、晶彦は一人外に出て、グラウンドの端まで歩いた。かつて、何度も来た場所である。

木陰になっているベンチに座った。眼下には、雲出川の流れや河原が見える。その斜面には、咲き広がった秋桜が、上がってくる微かな風にゆっくり揺れ、ほのかな香りを含んだその秋冷が晶彦を包んで、久しぶりに流した気持ちの良い汗を拭っている。

ここにいると、当時のことがより生々しく蘇ってくる。当時を思い出しながら、砂遊びをした川原に視線を向け、心の中で話し掛けた。

「あの幸せは、僕の力では、どうしても文字に、詩に綴ることができない。とうとう約束は果たせなかった。ごめんな」

そして、自分で納得するように、

「歳月を経たり、環境が変わっても、人を思う心は、そう簡単に変わるものではない。全てが夢幻…」と心の中でつぶやいた。

その時、後ろから目隠しをする者がいた。晶彦は驚いた。

「だーれだ」

目隠しの柔らかい手が離れ、晶彦は立ち上がって振り向いた。

先ほど対面した卓球相手の女性が、悪戯っぽく親しみを表した行為である。

目の前の女性は、化粧こそしていないが、美しいと思った。

女性はベンチを見て、「オシッコしたみたい」と言って笑った。

懐かしい言葉であった。

「流石ですね、卓球」

「？？…」

「瓢箪とおっしゃったが、あなた、中晶彦さんでしょう」

「僕を？　あなたは？　何故？」

「中さん、高校生の時、私、ここの生徒でした。卓球、お相手して頂いたこと、あるんですよ」

「そうでしたか」

「私、この学校で国語の教師をしているんです。放課後や土曜の午後よく体育館へ行くのです」

「そうでしたか」

「あなたなら目を引くはずなのに、覚えていなくて、ごめんなさい」

「ありがとう、嬉しいわ。でも中さん、どなたかしか見ていらっしゃらなかったのでは？」

「まいったな」

「図星でしょう。でも正直な方」

「しかし、僕のこと、よく覚えていて下さったのですね」

「だって、輝いていらっしゃったんですもの…私、憧れていました」

輝いて見えたとすれば、輝かせてくれたのは由布子だと晶彦は思った。

「僕は変わり映えしないから、直ぐお分かりになったのでしょう?」

「いいえ…今もステキ。学者さんか大学の先生みたい」

「何だか褒め過ぎです」

「会社でのご活躍も聞いています」

「どうして?」

「私の地区からあなたと同じ会社へ行っている人がいて、色々お噂を…」

晶彦は大きな目を丸くした。

「?.?….」

「今日の卓球、気持ち良かったわ…」

「僕も、久しぶりに…」

「あっ、そうだ。私、丘野智美です」

二人はベンチに座った。青山高原の方を眺めて晶彦が言った。

「よく晴れて、稜線がきれいに見えますね」

「ほんとに…私…まだ行ったことないのよ。行ってみたいわ。連れてって下さい」

またドキッとする言葉だった。

「えっ！　僕も行きたいと思っていました」

「明日もお休みですよね」

「ええ」

「では明日」

「ええっ、からかわないで下さい」

智美には驚かせられどおしで、タジタジである。

「本気です。ね、良いでしょ？」

また由布子の時のように、女性に主導権を取られていると、心の中で苦笑した。

しかし快い気持ちであった。

「私、お弁当作って、駅で待ってます」

死のうと思っているのに、どう返事して良いのか、晶彦は迷っていた。

しかし、勝手に事が進んでいる。

〈由布子が姿を変えて現れたのかな？　我が死を決意しているのを知って、止めに来ているのではないかな？〉そんなことを思い巡らせていた。

そんな折、あのピアノ曲が流れてきたのである。

「あれは？」

「ほんの最近、赴任された音楽の先生なの」

晶彦は急いで体育館へ走り、中に入ってピアノの方へゆっくり歩んだ。

なんと、まさか…、あの由布子が弾いているのである。

晶彦は側に立って、弾き終わるのを待った。

由布子はゆっくり晶彦の方を見て、「作詞できましたか？」と言うと、立ち上がるなり晶彦に抱きついた。晶彦は力を入れて抱きしめた。

「あの思い出の河原から、君の所へ行こうと思って、今日、ここへ来たのや。君のピアノを聞かなければ、入れ違いになるところだった」

「ごめんなさいね。長い間、苦しい思いをさせて。最近、奇跡的に回復したの。でも、もしかしてご結婚なさっているのではないかと思って、連絡ができなかったの」

「病の苦しみと、心の苦しみ、辛かったろう…苦しんだろう…僕の何倍も…こうして会うことができたのや。もう、何も言わなくて良い…何もかも分かっている」

二人とも、感情が、涙が込み上げてきて、途切れ途切れになり、なかなか言葉にならなかった。

「ごめんね。あの詩はできなかった。僕だけでは無理や。二人で綴ろう」

由布子は胸の中で頷いた。

抱きしめながら、晶彦は、この町で暮らそうと思った。もう、どんな仕事をしてでも生きて行ける。晶彦はそのような自信が湧いていた。

突然起こった、このドラマを見ているような出来事に、生徒たちは釘付けとなった。

■好評既刊本の紹介

『二重奏 ―いつか行く道―』 Life of love（Realize thinking）

スキー場の山荘はオイルショックのため未完成で、内外装はおろか床は土のまま木くずが散乱している。そんな中で男女は出会い、二人は楽しみを見つけ、正月休みを過ごす。男は大阪、女は名古屋。付き合ううち恋人の親が経営する会社や家が窮地に陥り、男は全てを捨て名古屋に駆けつける。命を賭け、恋人のため会社の再生に尽くす。会社再生後、恋人の兄に会社を託して一人会社を去り自分の道へ進んでいくが、無理を重ねた男は病に倒れ、人生は思わぬ展開へ…。

〔本文より〕

姫が勘助を困らせることをしても、無理を言っても、温かく見守って、報われるあてのない愛をますます募らせてゆく…。

「女性の美しさは、時には男の魂を変えてしまう悩力を持っているんやな…〝のう〟は悩む方の…勘助のあのような愛し方も何だか切なく…ロマンが溢れていて…由布姫の美しさとともに印象に残っているのです。ま、これらの内容は、僕の欲求的想像も手伝って、作品よりドラマチックに記憶している感も強いですが…」

「でも、あなたも由布姫さまに恋しているみたい…私、何だか嫉妬している気分」

（中略）

「写真を撮る人は今のうちに撮っておいて下さい。明日は早立ちします。槍や穂高も朝は日陰になってシルエットだけになりますから…それから、山の名称は左から、西鎌尾根、槍ヶ岳、中岳、南岳、大キレット、北穂高岳、唐沢岳、奥穂高岳、西穂高岳…」

指を差しながら美紀は細かく説明してから、付け加えた。

「ここからは見えませんが、槍ヶ岳の北側には急峻な北鎌尾根、東側には東鎌尾根が有ります…上高地は西穂高岳の山向こうの丁度この方向です」

この時、太陽はほぼ南南西にあって、突き上がった槍の穂先や連山の稜線から続いている数々の尾根、谷、沢のヒダは、色々な陰影を作り、見事な立体感を醸し出しながら急峻な深い谷へ落ち込んでいる。しかし穂高連峰と鏡平の間には標高約二四四〇メートルの奥丸山や中崎尾根があるので谷底までは見えない。

幸いにも空は青く、稜線との対比も美しい。この連山の稜線や山肌は、大小の岩がむき出しで、大きな起伏が多い。丸みの少ない鋭い岩肌は北アルプスの特徴で、険しい雄姿を誇示し、とりわけ大キレットや北穂高岳はより急峻に見える。ともかく雄大である。

（中略）

「案内した僕が言うのも可笑しいけれど、登山経験が少ない人でも、こんな素晴らしい光景が見られて、北アルプスの真っ直中にいる気分が味わえる所も、そう多くはないのではないかと思う」

「良かったね…無理矢理付いてきて」

皆を見回して良子が言った。

夕刻、太陽は西に近づき、槍から西穂高岳まで、山腹のヒダの陰影は少なくなり、赤っぽく様相が変わって、不思議な光景を醸し出し始めた。

（中略）

今回は会社に入って、財務も含んだ経営全般を再構築しなければならない。あの時より遙かに困難である。成功するには自分の考えの元、社員全員が同じ方向に動いてくれなければならない。丁度、作曲しながら、そして演奏もしながら、オーケストラを指揮するするようなもので、よく考えて行動しなければ、不協和音どころか、まとまりがつかなくなる。

幸い社長から全てを任された。問題は新参者の自分を受け入れてくれるかどうかである。自分もそうであるように、能力が低く、ましてや、重しにさえなる指揮官の下では、充分力を発揮出来ない者もいるに違いない。組織の興亡は上に立つ者次第で、間違えば衰退は速い。リーダーの重要性を強く感じている。

更に事は急を要し、まず資金が要る。銀行からの融資…大きな関門が待っている。こんな中、この危機や難問にも、美紀の心は奮い立っていた。

美紀には分を過ぎた欲は無い。彼女がいればそれでよい。愛する彼女のためになら、全てを捧げることができる。その絶好の舞台が与えられたのだ。そう思うと幸せな思いが潮のように満ちてきて、彼の持つロマンの心に激烈な火を付けたのである。

（中略）

「それに、当社のように小規模で、人材は育っていないが、研究開発型の会社を目指すには、天才的人材が必要で、彼がその一人かと思います。会社の根幹については天才が突っ走って、他の者は必死に付いて行けば良い。そうすれば他の者のレベルも上がる。そして皆が工夫して天才を補完する。そうすることによって、皆が潤えると考えています。そのためにも彼を早く磨かなければならないのです」

『恋のおばんざい ―天下国家への手紙―』

The story of love in small dishes cafe（Letter to the nation-state）

本書は『国家の存続・人生方程式』の姉妹作である。

〔本文より〕

「何年か前、私の田舎に橋だらけ、道だらけ、という具合に立派な橋や道を作りまくって。各家の前まで。そして、たまにしか利用しない山道まで舗装をした。更には、米の減反を進める中、農地の改良までして、立派なインフラを整え、あげくの果て、過疎化や耕作放棄地となるのですが、これを日本中に作って大きな借金の一つにもなっています。このようなことは予想できたはずなのに、政治家は票獲得のため、行政担当者は怠慢と言うしかありません。馬鹿を通り越しています。地方の住民は自分たちが税をあまり納めていないのに、便利さを自治体へ要求する。今でも言えることですが、国中そのような考えの人が多い。自ら行動するのでなく、してもらえる、してほしいと思っている。何か改造するとなると、総論賛成でも、自分に関係した不利益なことになると反対になる」

（中略）

校門を入ると和子は幸成の腕に抱きつくようにして歩きだした。

「少し離れてよ。あなたは綺麗だし、私にくっついていたら、それに、この派手なペアのリュックのアップリケは目に付きすぎる」

「うちはかまわないえ」

「私は学校を首になるよ」

「丁度良いいんじゃない。うちのお養子はんになれば」

「しかし、性急な話だね」

「うちも、お父はんも幸成はんを気に入っているし」

「でも、すぐには決められないよ」

「うちのこと嫌い？」

「好きだよ」

「うち、デパートでお会いした時、一目惚れしたんえ」

「和子さんにはかなわないな。あなたにかかったら私もたじたじだな」

「そうよ。もう覚悟しなさい」

「養子になっても、これじゃお尻に敷かれっぱなしになるね」

「座り心地の良い座布団になっておくれやす」

「ああ、熱が出てきた」

「ふふふ、ああ可笑しい」

和子は楽しくてたまらないのである。

『国家の存続 —人生方程式—』 Survival of the state（Life equation）

志摩と大阪を舞台にした物語だが、国家自滅の機器に直面して、人口問題、経済、日銀の政策にも鋭く踏み込んでいる。一方、地震対応の建築技術、水害、津波用建築物とともに町の在り方、国家の在り方についても提言している。本書は『恋のおばんざい ―天下国家への手紙―』の姉妹作である。

現在の市場原理主義マーケットは、個人投資家の短期売買、空売りファンド、ヘッジファンド、証券会社の自己売買等強制的空売りで、経済をデフレへ、そして、一方の投機筋は出来高が少なく、仕掛けやすい日本の市場で、自己の利益のために、株をしていない人まで道連れに、個人や国の資産まで低下させ、好き放題にしている。

『国家再生塾』 The rebirth thinking school of a nation

（1）津波や水災害と高層ビルの長周期地震動対策（海岸部・山間地・都市部）
Measures against long-periodo ground motion of high-rise buildings due to Tunami and flood damage.（Near sea, Villages of mountainous area, City area）

（2）教育のシステムを根底から変えて、コスト削減、効率化、教育レベルを上げる
By doing change the education basic system, cost reduction increase efficiency education

level up.

（3）人口減少、医療費、政府の無駄使いについて

Cause of population decline, Medical bills, Useless of government expenses.

（4）株式市場の改革

Stock market reform.

西川　正孝（にしかわ　まさたか）

昭和 21 年（1946 年）三重県生まれ。
昭和 40 年、大手の電機製品製作会社入社、昭和 48 年退職。
その後、数社の中小企業勤務、設計事務所、技術コンサルタント、専門校講師等、一貫して機械関係のエンジニアとして活躍。
著書に『二重奏 —いつか行く道—』『恋のおばんざい —天下国家への手紙—』『国家の存続 —人生方程式—』『国家再生塾』がある。

約束の詩 —治まらぬ鼓動—

2018 年 4 月 18 日　発行

著　者　西川正孝
制　作　風詠社
発行所　ブックウェイ
〒670-0933　姫路市平野町 62
TEL.079（222）5372　FAX.079（244）1482
https://bookway.jp
印刷所　小野高速印刷株式会社

ISBN978-4-86584-341-5

乱丁本・落丁本は送料小社負担でお取り換えいたします。